Moses Wolff
Monaco Horizontale

PIPER

Zu diesem Buch

In den Bordellen im München Rotlichtviertel geschehen merkwürdige Dinge: Männer geben vor, potenzsteigernde Mittel einzunehmen, schlucken in Wahrheit jedoch tödliches Zyankali und verüben während des Liebesaktes Suizid. Die junge Violetta, die im horizontalen Gewerbe Karriere gemacht hat, wendet sich verzweifelt an den Privatermittler Hans Josef Strauß und bittet ihn um Hilfe, denn sie musste dieses unschöne Ereignis bereits zum zweiten Mal miterleben. Und allmählich ruinieren diese lebensmüden Freier das Geschäft.
Hans Josef Strauß nimmt sofort die Ermittlungen auf. Zunächst ist er ratlos: Die Toten könnten unterschiedlicher nicht sein, es gibt keine Gemeinsamkeiten und kein Motiv. Doch dann erfährt der Privatdetektiv von einschlägigen Websites und entsprechenden Kontaktanzeigen, in denen seltsame Todeswünsche geäußert werden – und auch Herbert Dollek, ein Hamburger Zuhälter, verhält sich äußerst verdächtig ...

Moses Wolff, geboren 1969, ist Autor, Schauspieler und Komiker. Er schreibt regelmäßig für das Satiremagazin »Titanic« und ist Mitveranstalter der erfolgreichen Münchner Lesebühne »Schwabinger Schaumschläger Show«. 2015 erhielt er den Schwabinger Kunstpreis. Gemeinsam mit Arnd Schimkat hat er den mit Christoph Maria Herbst in der Hauptrolle verfilmten Romans »Highway to Hellas« verfasst. Moses Wolff wohnt in der Münchner Isarvorstadt.

Moses Wolff

Monaco Horizontale

Ein Fall für Hans Josef Strauß

PIPER

Mehr über unsere Autoren und Bücher:
www.piper.de

Von Moses Wolff liegen im Piper Verlag vor:

Highway to Hellas
Sekundärliteratur

Monaco-Krimis:
Monaco Mortale
Monaco Infernale
Monaco Horizontale

Originalausgabe
ISBN 978-3-492-31259-2
Oktober 2018

Umschlaggestaltung und -abbildung: www.buerosued.de
Satz: Fotosatz Amann, Memmingen
Gesetzt aus der Minion
Druck und Bindung: CPI books GmbH, Leck
Printed in the EU

Für Vivian

Prolog

»Handentspannung ist im Preis inbegriffen«, sagte Violetta, während sie den hageren Mann in das luxuriös eingerichtete Zimmer mit dem Whirlpool und dem XXL-Bett führte. Sie trug mandarinenfarbene Reizwäsche und hochhackige schwarze Lackpumps.

»Wie alt bist du?«, fragte der etwa vierzigjährige Mann.

»Fünfundzwanzig.«

»Das ist das perfekte Alter. Kommst du aus Deutschland?«

»Ja, aus dem Ruhrgebiet.«

»Sehr gut.«

»Wie lange möchtest du bleiben?«

Violetta sah ihn mit ihren strahlend blauen Augen an. Sie war schon fast ein Jahr lang im Münchner Pink Bunny Club tätig und wusste meist ziemlich rasch, was der jeweilige Herr erwartete. Manche wollten nur ein schnelles Bedürfnis unkompliziert und anonym befriedigen, andere wünschten sich die Illusion echter Liebe, viele standen auf die harte Nummer, manche kamen nur zum Kuscheln. Dieser Mann wirkte so, als ob er verheiratet wäre und sich ein wenig Ablenkung in den Armen einer jungen Frau zu verschaffen suchte. Außerdem ließen sein Kleidungsstil, sein gepflegter Vollbart und sein gesamtes Auftreten darauf schließen, dass er gut verdiente, was ja immer interessant war. Violetta war kein Fan von »Kleingedrucktem«, also versteckten Kosten für irgendwelche Extras, sie spielte lieber mit offenen Karten.

»Eine Stunde Full Service kostet hundertvierzig Euro, da ist alles dabei, was ich im Internet angegeben habe, und du kannst innerhalb dieser Zeit so oft entspannen, wie du möchtest. Wenn du den einfachen Service wählst, kostet es hundert Euro die Stunde mit Französisch ohne Aufnahme, normalem GV und zwei Mal entspannen.«

Der Mann blickte ernst drein.

»Ist Küssen denn im einfachen Service inbegriffen?«, fragte er und neigte seinen Kopf erwartungsvoll nach vorne.

»Nein. Küssen biete ich nur Männern ohne Bart an, tut mir leid.«

»Schade«, brummte er. »Ohne Küssen macht es mir keinen Spaß.«

Damit hatte sie gerechnet. »Du bist mir sehr sympathisch. Ich würde eine Ausnahme machen, du müsstest aber vorher mit Mundspülung gurgeln, dann wäre Küssen für mich okay. Allerdings nur, wenn du Full Service nimmst.«

»In Ordnung«, willigte der Mann erfreut ein und holte seinen Geldbeutel aus der Innentasche seines Sakkos. Er nahm drei Fünfzigeuroscheine heraus und gab sie der schönen blonden Frau. »Das stimmt so«, ergänzte er. Sie lächelte, verstaute das Geld in einem kleinen Kästchen auf der Kommode, drehte sich zum Waschbecken um und füllte einen Plastikbecher mit blauer Mundspülung. Der Freier nahm ihn gehorsam entgegen und gurgelte, während Violetta seinen Nacken kraulte.

»Wollen wir zusammen duschen?«, hauchte sie verführerisch, wobei sie die Zungenspitze ganz leicht zwischen die strahlend weißen Zähne schob. Sie wusste genau, dass diese Geste jeden Mann erregte.

»Ja«, antwortete er und musterte sie erneut mit ernstem Blick.

Seine Art gefiel ihr, er strahlte eine gewisse Dominanz aus. Und auch sein Geruch war ihr sofort aufgefallen, er duftete nach dem Aftershave Vétiver von Guerlain, das sie sehr mochte. Violetta hatte ein Faible für Parfüms, mit ihrem feinen Näschen erkannte sie sowohl Herren- als auch Damendüfte meist auf Anhieb.

Langsam und ohne den Blick von ihrem Kunden abzuwenden, zog sie jetzt BH und Slip aus und half ihm beim Aufknöpfen seines Hemdes. Auch nackt gefiel er ihr sehr gut. Letztlich gehörte es natürlich zur »Show« dazu, dass sie jedem Kunden das Gefühl gab, er sei sexy. Allerdings waren ihr attraktive Männer natürlich lieber als hässliche. Gemeinsam stiegen sie unter die Dusche.

Violetta liebte ihren Beruf. Sie mochte Sex, gab gern Geld aus und hatte ihre Entscheidung noch nicht ein einziges Mal bereut. Weil sie außergewöhnlich hübsch war, fraßen die Männer ihr aus der Hand. Sie hatte viele Stammkunden und verstand es, sie jedes Mal voll und ganz zufriedenzustellen.

Während sie ihn zärtlich zu küssen begann, seifte sie

ihren Kunden vom Scheitel bis zur Sohle ein, nicht nur damit sie sichergehen konnte, dass er sauber war, sondern weil ihr dieses sinnliche Ritual Freude bereitete. Er genoss ihre Berührungen mit geschlossenen Augen und streichelte sachte ihre Schultern mit den Fingerspitzen. Anschließend verließen sie die Dusche, und sie rubbelte erst ihn und dann sich selbst mit einem großen Frotteehandtuch trocken. Höflich zeigte er auf seine zuvor säuberlich zusammengelegten Kleider.

»Ich habe meine blauen Pillen noch nicht genommen.«

Violetta reagierte gelassen. Das war nichts Ungewöhnliches, viele ihrer Gäste benutzten potenzsteigernde Mittel. Die heutige Zeit mit ihren Möglichkeiten war eigentlich ein Segen, fand sie. Lieber medikamentös nachhelfen, als halbe Sachen machen. In der Rotlichtszene sprach man bei Potenzstörungen von »Herumeiern« oder, in Österreich, von »Wurschteln«. Violetta wusste, dass die Pillen in der Regel erst nach einer Dreiviertelstunde wirkten, sodass der Zeitpunkt der Einnahme in diesem Fall etwas spät gewählt war. Doch das könnte ihr durchaus in die Karten spielen.

»Wollen wir nicht lieber auf zwei Stunden verdoppeln?«, schlug sie vor, wobei sie ein sanftes Lächeln um ihre zartrosa glänzenden Lippen spielen ließ.

»Das braucht's nicht«, erwiderte der Mann mit dem Vollbart. »Das Zeug wirkt bei mir ziemlich schnell.«

Er nahm eine blaue Tablette aus einer kleinen silbernen Dose, warf sie in den Mund, ging zum Waschbecken, beugte sich unter den Wasserhahn und spülte das Medikament die Kehle hinunter. Dann setzte er sich aufs Bett, zog die junge Frau zu sich und dirigierte sie dorthin, wo er ihre Liebkosungen wünschte. Erfreut tat sie wie ihr geheißen. Es gefiel ihr, wenn Männer wussten, was sie wollten, und wenn sie sich einfach den Fantasien ihrer Liebespartner hingeben konnte. Violetta brauchte gar nicht zu schauspielern, der Sex war einfühlsam und intensiv. Und der Mann hatte recht gehabt: Offenbar entfaltete die blaue Pille bei ihm von der ersten Sekunde an ihre Wirkung.

Nach etwa einer halben Stunde – Violetta saß gerade auf ihm und genoss die gemeinsamen rhythmischen Bewegungen – griff er erneut zu seiner Pillendose, öffnete sie und nahm eine weitere Tablette heraus, diesmal eine weiße. Violetta vermutete, es sei möglicherweise ein Blutdruckmedikament oder ein Schmerzmittel. Doch auf einmal verdrehte der Mann die Augen seltsam nach oben. Irritiert verlangsamte Violetta das Tempo. Dann begann er zu röcheln und zu zucken, und die junge Frau geriet in Panik. Sie befürchtete, dass er womöglich eine Überdosis erwischt hatte, und umschloss sein Gesicht mit beiden Händen. Es war totenblass. Aus seinem Mund quoll Schaum. Violetta stieg von ihm ab und versuchte verzweifelt, ihn durch eine Herzmassage zu reanimieren. Doch jede Hilfe kam zu spät. Der Mann hatte aufgehört zu atmen. Er war quasi in ihren Armen gestorben. Immerhin hatte er vorher zweimal »entspannt« …

1. Kapitel

Es war ein lauer Dienstagvormittag. Genauer gesagt der 18. April. Hans Josef Strauß war gerade auf dem Nachhauseweg von einem neuen Auftraggeber, Herrn Kovacs. Sein guter Freund und Geschäftspartner Quirin behauptete zwar, dass man als Privatermittler seine Auftraggeber nicht »Auftraggeber« nennt, sondern »Mandanten« oder »Klienten«, aber Hans Josef war das wurscht. Oder, wie er es in seiner schlechten bayrischen Aussprache sagen würde: »wuarcht«. Er sprach »sch«-Laute manchmal wie »ch« aus, es hörte sich so an, wie wenn manche Leute aus dem Saarland oder der Pfalz »Fich« statt »Fisch« sagen. Allerdings war Hans Josef Strauß ja Westfale, da sprach man »sch« wie »sch« aus. Es gab keine Erklärung für diesen kleinen Sprachfehler, der auch nur manchmal vorkam. Jedenfalls beauftragten die Kunden oder Mandanten oder wie auch immer die beiden Detektive mit der Aufklärung mehr oder weniger komplizierter Fälle und bezahlten im Erfolgsfall gutes Geld. Hans Josef überlegte, ob er, um Quirin zu ärgern, künftig von »Kameraden« sprechen sollte. Oder von »Kandidaten«. »Probanden« war auch nicht schlecht. Oder »Drahtzieher«. Nun ja, jedenfalls hatte Herr Kovacs die Detektei Strauß darauf angesetzt, die Machenschaften der mutmaßlich betrügerischen

Zahnärztin Dr. Kimberly Grimm aufzudecken, die nachträglich zunächst günstig erscheinende Kostenvoranschläge gefälscht haben sollte. So hatte es wohl für einige ihrer Patienten nach gelungener Behandlung ein böses Erwachen gegeben. Als sie die Rechnung im Briefkasten vorfanden, war der Betrag plötzlich mehrere Tausend Euro höher als angekündigt, und die Versicherungen weigerten sich, diese horrenden Kosten zu übernehmen. Die Patienten hatten nichts in der Hand, da keine Kopien der von ihnen unterschriebenen Kostenvoranschläge existierten – angeblich war immer der Drucker in der Praxis von Frau Dr. Grimm defekt gewesen. Die Polizei hatte Kovacs bei dessen Besuch weggeschickt und die Einschaltung eines Rechtsanwalts empfohlen, da eine Anzeige in den Augen des angesprochenen Polizeibeamten nichts bringen würde. Daraufhin hatte Kovacs herumgefragt und mit den anderen betroffenen und klagebereiten Patienten vereinbart, ebenjene Detektive zu beauftragen und sich deren Honorar zu teilen. Herr Kovacs hatte fabelhaft recherchiert und mehrere Mitstreiter auftreiben können, denen ein ähnliches Schicksal widerfahren war, sodass Hans Josef vermutlich leichtes Spiel haben würde. Er musste lediglich verbindliche Aussagen der Betrogenen herbeischaffen, damit der Fall vor Gericht gehen konnte.

Herr Kovacs wohnte in der Baaderstraße, in der sich viele Lokale befanden. So hatte Hans Josef Strauß sich nach dem Besuch noch einen Espresso im Baader Café und ein frisches Bierchen in der Gaststätte Burg Pappenheim gestattet, was ihm beides vorzüglich bekommen war.

Die schwedisch aussehende Dame hinter der Theke im Baader Café kannte großartige Witze, die sie, wenn sie gut gelaunt war, auch gerne und sehr gekonnt erzählte. Diesmal war ihre Stimmung ausgezeichnet gewesen, und sie hatte Folgendes zum Besten gegeben: »Der Bauer und die Bäuerin sitzen beim Abendessen und verzehren Wurst, Käse und Holzofenbrot samt Bier. Da sagt der Mann: ›Morgen früh soll es klares und gutes Angelwetter geben. Ich werde mich schon in aller Früh zu Fuß auf den Weg zum See machen, um zu angeln.‹ Die Bäuerin sagt: ›Von mir aus. Wann wirst du zurück sein?‹ ›Am späten Nachmittag.‹ Gesagt, getan. Um fünf Uhr morgens packt er seine Angelsachen und zieht los. Nach einer halben Stunde beginnt es zu tröpfeln, gefolgt von starkem Regen, Graupelschauern, einem heftigen Gewitter und schließlich einer Art Schneesturm. Der Mann dreht auf dem Absatz um, geht zurück, kommt gegen sieben Uhr wieder daheim an, zieht seine nassen Sachen aus und legt sich zu seiner Frau ins Bett. Die Frau sagt schlaftrunken: ›Uuuuuh, du bist ja total kalt.‹ Der Mann sagt: ›Kein Wunder, draußen tobt ein heftiger Schneesturm.‹ Dann die Frau: ›Hahaha, und mein Mann, dieser Idiot, ist zum Angeln gegangen!‹«

Hans Josef hatte kurz darauf versucht, diesen Witz dem Wirt vom Burg Pappenheim wiederzugeben, war aber gescheitert, weil er sich im Mittelteil verheddert hatte.

Nun stand er an der Haltestelle Baaderstraße vor dem heutigen Patentamt, wo früher das Gefängnis stand, in dem kurze Zeit Oskar Maria Graf inhaftiert war, und wartete auf den Bus, der ihn zurück in die Innenstadt bringen sollte. Von hier fuhren zwei Buslinien ab, eine zum Rotkreuzplatz, die andere angeblich zum Marienplatz, was aber gar nicht stimmte – in Wirklichkeit fuhr der Bus nur zum Viktualienmarkt beziehungsweise zum Rindermarkt. Während er wartete, gelangte Hans Josef mit seinen Gedanken rund um die Verlegung der ursprünglichen Haltestelle und deren verwirrende Umbenennungen wieder mal an einen neuralgischen Punkt. Seit einiger Zeit hatte man sich immerhin auf einen Namen geeinigt, die Haltestelle hieß nun »Marienplatz (Rindermarkt)«. Er musste an ein ähnliches Beispiel denken: den vor ein paar Jahren in Betrieb genommenen Flughafen Memmingen. Irgendein Hanswurst hatte den Betreibern gestattet, ihren Airport »München West« zu nennen, obwohl er weit über hundert Kilometer von München entfernt lag. Als Hans Josef Strauß im vergangenen Frühjahr Freunde aus Mailand erwartete, staunte er nicht schlecht, als diese ihn nach der Landung entnervt anriefen und ihm mitteilten, dass sie fast zwei Stunden mit dem Bus vom Flughafen zum Hauptbahnhof benötigen würden. Weder Hans Josef noch den Besuchern selbst war klar gewesen, dass sie im italienischen Reisebüro zwar »Milano-Monaco/Bavaria« gebucht, aber in Wirklichkeit »Milano-Monaco/Allgäu« erworben hatten. Hans Josef schüttelte den Kopf, als er sich an dieses Erlebnis erinnerte. Er hatte einen stark ausgeprägten Gerechtigkeitssinn und verabscheute Gaunerei und betrügerische Täuschung. Der anrollende Bus riss ihn aus seinen Gedanken, vor allem weil der Fahrer das Fahrzeug steil auf die Bordsteinkante zusteuerte, sodass der Bus nur wenige Zentimeter vom Gehsteig entfernt zum Halten kam. Dabei streifte er den wartenden Detektiv beinahe mit dem rechten Außenspiegel an der Stirn. Die Spiegel waren nämlich genau in Kopfhöhe angebracht – Hans Josef war davon überzeugt, dass viele Fahrer eine kleine interne Wette laufen hatten, wer als Erstes einen Fahrgast mit dem Spiegel ausknockte. Hans Josef stieg ein und versuchte, dem Fahrer mit einem strafenden Blick zu signalisieren, wie verwerflich er dessen Fahrweise fand, doch der Chauffeur blickte gelassen in die andere Richtung aus dem Fenster, als gäbe es dort draußen etwas Interessantes zu beobachten. Hans Josef setzte sich erzürnt in den hinteren Bereich, nachdem er sich an einem halben Dutzend aufgeregt kreischender Schulkinder vorbeigedrückt hatte, von denen jedes etwas sagen wollte und die anderen lieber übertönte, als sie ausreden zu lassen.

Auf dem freien Platz neben Hans Josef lag eine aktuelle *Bild*-Zeitung. Sie sah nagelneu und virenfrei aus, also nahm er sie und las, um seinen Groll zu verdrängen. Wie immer fand er alles, was in dem Blättchen stand, reißerisch, ja sogar abstoßend. Die Schlagzeile auf der Titelseite lautete: »Irrer tötet sich beim Nutten-Sex.« Das interessierte ihn dann doch ein wenig. Aber vermutlich war es nur wieder eine typische, von sensationsgeilen Redakteuren »frisierte« und halb erfundene Story.

Doch bevor Hans Josef dazu kam, auch nur eine Zeile des Artikels zu lesen, klingelte sein Handy, und zwar in der Melodie von »Lalalalala«, gesungen von Bud Spencer und Terence Hill in der Komödie *Zwei wie Pech und Schwefel.* Diesen Klingelton hatte Hans Josef vor Kurzem Quirins Telefonnummer zugeordnet, damit er immer wusste, wenn sein lieber Freund und Kollege anrief. Er steckte die Zeitung in die Tasche seines Angermaier-Jankers und ging ran.

»Ja?«

»Servus«, sagte Quirin. »Wo steckstn grad? Is saumäßiger Lärm im Hintergrund.«

»Im Bus. Da sind irgendwelche Kinder und …«

»Rinder?«, rief Quirin. »Bist du auf dem Land?«

»Nein«, sagte Hans Josef, nun etwas lauter. »Kinder!«

»Inder? Äh, bist du beim Mittagessen? Die sind doch aber meistens eher leise beim Essen, die Inder.«

»Kinder«, schrie Hans Josef jetzt. »Hier sind lärmende Kinder!«

»Kinder?«

»Ja, Kinder«, sagte Hans Josef Strauß und warf der lärmenden Gruppe einen genervten Blick zu. »Es sind, glaube ich, ziemlich kindische Kinder.«

»Kindische Inder?«, witzelte Quirin.

»Nein, kindische Kinder!«

»Indische Kinder? Ach so, ist das ein Kindergarten und gar kein Restaurant?«

»Nein, ich bin nicht im Restaurant, sondern im Bus!«

»Imbus? Wo gibt's denn einen Imbus? Bist du im Baumarkt in der Werkzeugabteilung?«

»Nein, im Omnibus.«

»Im Kombi-Bus?«

»Hokuspokus Fidibus«, brummte Hans Josef Strauß, um den Schmarrn zu beenden.

Hoppla, beinahe hätte er die Haltestelle Viktualienmarkt verpasst. Er schlängelte sich ungeschickt an einsteigenden Fahrgästen vorbei, ohne sein Smartphone vom Ohr zu nehmen.

»Wieso ich anruf«, sagte Quirin. »Mein Friseur ist grad im Urlaub. Zu welchem gehst du denn eigentlich?«

»Wozu brauchst du denn einen Friseur mit deinem Irrenhaus-Haarschnitt? Ich dachte, du schneidest dir selbst die Haare«, stichelte Hans Josef.

»So a Blödsinn. I brauch an guadn Friseur, der ned zu teuer is.«

»Meiner kostet fünfundzwanzig Euro.«

Hans Josef Strauß verglich gerne Preise und führte dabei meist zweispaltige Pro-und-Kontra-Tabellen, wobei er links die positiven und rechts die negativen Aspekte eintrug. Bei dem Friseur seiner Wahl stand links »freundlich, kompetent, Waschen inbegriffen, hübsche Friseurinnen, noch hübschere Chefin, kurze Wartezeiten, fünfundzwanzig Euro« und rechts »Montag Ruhetag, zu kleine Garderobe«. Diese Gegenüberstellung hatte ihn überzeugt.

»Inklusiv Haarwäsche?«, hakte Quirin nach.

»Logisch.«

»Des is aber trotzdem scho recht teuer.«

»Ich find, es geht.«

»Und den kannst du empfehlen?«

»Kann i schohn.«

»Bitte sag halt wenigstens ›scho‹ und ned ›schoooohn‹.«

»Warum, es hoaßt doch ›schohn‹.«

»Naa, hoaßts ned.«

Wie immer, wenn ihn jemand auf sein schlechtes Bairisch ansprach, versetzte es Hans Josef Strauß einen bösen Stich. Er hätte so gerne diesen Dialekt gekonnt, denn er liebte den Freistaat mit all seinen Bräuchen und Menschen, trug entsprechend Tracht und Haferlschuhe und wusste einige historische Tatsachen, die andere nicht kannten. Er war quasi bayrischer als viele Bayern. Deshalb schmerzte ihn Quirins Bemerkung umso mehr. Doch der wollte ja etwas ganz anderes wissen.

»Jetz kumm, sag mir den Barbier.«

»Papier?«

»Barbier. Figaro. Coiffeur. Haarschneider. Woaßt scho.«

»Also, meiner heißt ›Cut Hair Ina‹.«

»Katharina?«

»Ja, eigentlich heißt sie Katharina, aber alle rufen sie bloß Ina«, sagte Hans Josef Strauß und lächelte verträumt vor sich hin, weil er Ina ja wie in seiner Tabelle bereits niedergeschrieben in der Tat ziemlich süß fand. »Der Salon heißt ›Cut‹ wie schneiden, dann ›Hair‹ wie Haare und eben ›Ina‹ wegen der Besitzerin.«

»So a saublöder Name. Können die sich nicht ›Salon Heidi‹ oder so nennen wie früher?«

»Man muss ja auch ein bissel mit der Zeit gehen.«

»Guad. Dann gib mir bitte die Adresse.«

»Kohlstraße neun.«

»Können Sie mir sagen, wo die nächste Stadtsparkasse

ist?«, fragte plötzlich eine ältere Dame, an Hans Josef gewandt.

»Sie sehen doch, dass ich telefoniere«, antwortete der leicht gereizt.

»Das kann ich doch nicht riechen«, schnaubte die Frau und huschte empört von dannen. Hans Josef starrte ihr perplex hinterher.

»Hallo?«, rief Quirin. »Hansä?«

»Äh, ja, bin wieder da.«

»Guad. Also, danke für die Information. Ich werd gleich einen Termin bei ›Cut Hair Ina‹ vereinbaren.«

»Sag 'nen schönen Gruß von mir.«

»Na, wirkli ned.«

»Was?«

»Wieso soll i an scheena Gruaß von dir sagen? Kriag i dann an bessern Preis? Oder schneidens dann scheena?«

»Vergiss es.«

Offensichtlich spürte Quirin, dass sein eigentümlicher bayrischer Humor bei seinem westfälischen Freund mal wieder nicht so rüberkam wie erwünscht. »Guad, na griaß i halt schee«, sagte er versöhnlich.

»Tat mi gefreien.«

»Gfrein hoaßt des. Bis später.«

Klick.

Hans Josef ging den kurzen Weg zu seinem Wohnhaus, in dem auch Quirin lebte, und bemerkte in der Frauenstraße jenen asiatischen Imbiss, zu dem er schon immer mal gehen wollte. Es roch stark nach Glutamat, aber Glutamat war ja nichts Schlechtes, ein chemischer Geschmacksverstärker eben. Einmal hatte er in einem Asia-Shop »Bio-Glutamat« entdeckt. Da hätte ihn schon interessiert, wie man denn ein chemisches Produkt auf ökologisch korrekte Weise herstellen konnte. Daheim angekommen, sperrte Hans Josef die Haustür auf und sah nach der Post. In seinem Briefkasten lag nur ein Brief in einem auffälligen, gelben Umschlag. Er öffnete ihn mit dem Schlüssel und überflog die ersten Zeilen. Es war das Schreiben eines Gerichtsvollziehers! Mehrere Monate lang hatte er die in seinen Augen widerrechtliche zwangsverordnete Rundfunkgebühr nicht bezahlt. Sein eigenes Schreiben an die Landesrundfunkanstalt vor einem Jahr war unbeantwortet geblieben, stattdessen kamen wieder und wieder Rechnungen vom sogenannten Beitragsservice. Dabei hatte Hans Josef einen, wie er fand, wunderbar formulierten Brief mit einer vollkommen plausiblen Bitte um Befreiung von der Rundfunkbeitragspflicht geschrieben:

»Ich gehöre der katholischen Kirche und damit einer Religionsgemeinschaft an. Als zutiefst religiöser Mensch, der versucht, eigene Einsichten und höhere Erkenntnisse im praktischen Leben umzusetzen und darin seinem Gewissen zu folgen, bin ich der Überzeugung, dass Fernsehen eine Ursache für das Übel auf dieser Welt darstellt. Ich besitze kein Fernsehgerät und auch kein Radio, denn ich möchte mich in meinem privaten Alltagsleben vor den von Ihnen verbreiteten Falschinformationen und Ihrer einseitigen Stimmungsmache, so gut es geht, schützen. Der Verzicht auf

Fernsehen und sonstige Medienangebote, die von Ihnen ausgehen, ist für mich eine Grundvoraussetzung dafür, mein Leben nach meinen persönlichen religiösen und gewissenskonformen Wertvorstellungen führen zu können.«

Und nun forderte der Gerichtsvollzieher inklusive Mahngebühren eine Summe von 236 Euro! Eine Sauerei! Hans Josef stieg die Stufen zu seiner Wohnung hinauf und schüttelte verächtlich den Kopf. Ach, wenn er nur die bayrische Sprache beherrschen würde! Dann könnte er jetzt freimütig vor sich hin schimpfen. Aber auf Westfälisch wollte er nicht – das war nur halb so befreiend. Er sperrte die Tür zu seiner Wohnung auf und trat in den Flur. Das Schreiben des Gerichtsvollziehers schmiss er achtlos auf die Kommode und ging, ohne seinen Janker auszuziehen, ins Wohnzimmer hinüber. Er wollte nämlich endlich den Artikel über den Sex-Selbstmord in der *Bild*-Zeitung lesen. Dort stand, ein Mann habe sich während des Liebesaktes mit einer Prostituierten das Leben genommen. Also vorsätzlich. Vorausgesetzt natürlich, die Journalisten hatten nicht alles erfunden. Doch davon ging er in diesem Fall ausnahmsweise mal nicht aus. Es klang schon recht realistisch. Der Kerl hatte offenbar in den Armen einer schönen Frau sterben wollen, was Hans Josef Strauß durchaus nachvollziehen konnte, das war ziemlich romantisch. Er fragte sich allerdings, wie man auf eine solche Idee kam. Und er bedauerte die arme Frau – wie schrecklich musste es sein, beim Sex plötzlich zu merken, dass der Partner stirbt, und das auch noch absichtlich. Hatte der

Mann überhaupt darüber nachgedacht, was er ihr damit antun würde? Als Prostituierte Geld zu verdienen war sicher nur selten »ein Zuckerschlecken«, meist hatten die Frauen es vermutlich mit groben Kerlen zu tun, mit Bauarbeitern, Fernfahrern und so weiter, überlegte Hans Josef Strauß und ärgerte sich gleichzeitig über seine vielen Vorurteile, die er einfach nicht ablegen konnte. Auch wenn er versuchte, sie zu unterdrücken, kamen sie doch immer wieder zum Vorschein. Dabei regte gerade er sich gewaltig über diese ganzen besorgten Kleinbürger auf, die engstirnig jedes erdenkliche Vorurteil aufsaugten wie ein Schwamm und dann als Tatsache wiedergaben, egal, worum es ging, ob um Flüchtlingspolitik, Finanzwesen, Zugverspätungen oder Bierpreise – Vorurteile waren schon immer das Ventil der sich ungerecht behandelt, der sich latent benachteiligt Fühlenden und vermeintlich zu kurz Gekommenen, zu denen Hans Josef Strauß keinesfalls gehören wollte. Wieso sollten nicht Schöngeister, Zirkusclowns, Marionettenspieler, Pianisten, Geigenbauer, Ärzte, Unternehmensberater, Psychologen, Schauspieler, Friseure und Pferdeflüsterer zu Prostituierten gehen? Warum nicht schüchterne Männer voller Selbstzweifel, warum nicht Naturfreunde, Alpinisten, Fußballprofis? Und was war mit all den Gebeugten, Gepeinigten, Verstoßenen, Traumatisierten? Die suchten vielleicht gerade bei Damen aus dem horizontalen Gewerbe Trost und Verständnis. Oder Witwer? Ja, wer weiß, was diesem Mann, dem sich die *Bild*-Zeitung mit so großer Aufmerksamkeit widmete, gefehlt hatte? Vielleicht war er sterbenskrank gewesen? Nun, fragen konnte man ihn leider nicht mehr. Hans Josef überlegte, ob er eine Liste von potenziellen Freiern aufstellen sollte, entschied sich dann aber doch lieber für das Öffnen seiner Online-Banking-App und überwies die leidigen 236 Euro an den Gerichtsvollzieher. Bestimmt gingen manchmal auch Gerichtsvollzieher zu Huren.

2. Kapitel

Der Club Rotes Haus in der Hansastraße war wie immer gut besucht. Barnabas Pitschka, Braumeister und Mälzer in einer kleinen Braumanufaktur in Ebersberg, war Stammgast. Die Rezeptionistin Trixi empfing ihn mit einem strahlenden Lächeln.

»Servus, Basti, magst wie immer zur Natasha, gell?«

»Logisch«, sagte Barnabas, der seit seiner Kindheit von guten Bekannten, Familienmitgliedern und Freunden »Basti« genannt wurde, und suchte in seiner Jackentasche nach einem Stück Papier für seinen Kaugummi; er hatte wie so oft vergessen, ihn aus dem Mund zu nehmen, bevor er das Rote Haus betrat.

»Du kannst aber gern auch mal eine andere Dame ausprobieren«, schlug Trixi kokett vor.

»Naa, da wär ich ja wahnsinnig, wenn ich schon die Wahl hab. Bei der Natasha, da weiß ich, was mich erwartet. Ich mach doch keine Experimente.«

»War nur ein Vorschlag. Wart, ich schau mal, welches Zimmer frei ist. Nummer vier. Ich bring dich hin.«

Sie stand von ihrem Hocker hinter dem rot-golden gestrichenen Rezeptionspult auf. Sie trug ein kurzes schwarzes Kleid und schwarze Stilettos. Da sie jedoch höchstens einen Meter fünfundfünfzig groß war, wirkte sie trotz der hohen Absätze immer noch sehr klein. Ihr goldiges, rundes Gesicht war makellos geschminkt. Ihre Oberweite war außergewöhnlich üppig, vermutlich nicht natürlich gewachsen, sondern »gemacht«, und ihre nackten, schlanken Beine sahen in dem schicken Kleid sehr attraktiv aus. Ob sie auch »aktiv« arbeitete oder tatsächlich nur den Empfang betreute, blieb im Dunkeln. Sie führte Basti zum Zimmer Nummer vier, überprüfte, ob es auch wirklich leer war – nicht, dass man am Ende einen Diplomaten oder Volksmusiker beim fröhlichen Treiben störte –, und ließ ihn eintreten.

»Die Natasha kommt dann gleich, kannst ja schon mal duschen.«

Basti nickte und zog, sobald Trixi die Tür von außen geschlossen hatte, seine Jacke, den Overall, das Brauerei-T-Shirt, Schuhe, Socken und Boxershorts aus. Dann stellte er sich unter die Dusche mit der komfortablen Regenschauerbrause. In den seltensten Momenten seines Lebens war er leise oder still, oft murmelte er Gedanken vor sich hin, kommentierte für sich selbst, was er sah, oder gab Geräusche von sich. Besonders unter der Dusche atmete er oft, ohne es selbst zu bemerken, hörbar aus, grunzte oder seufzte. Fiel es ihm auf, dachte er, das ist eben so bei Männern, dass sie ab einem gewissen Alter sonderbare Laute von sich geben. Sein Vater hatte beispielsweise jedes Mal, wenn er sich hinsetzte: »Aaaah« gemacht, als hätte er sich gerade an einem erfrischenden Getränk gelabt. Da sein Vater ihm in jeder Hinsicht ein Vorbild gewesen war, störte es Barnabas alias Basti nicht im Geringsten, dass er diese Angewohnheit von seinem alten Herrn übernommen hatte. Im Gespräch mit Leuten entfuhr ihm oft sogar ein unbewusstes »Mammamia«, besonders bei Diskussionen im Wirtshaus, wenn ihm jemand etwas besonders Erstaunliches berichtete. Erzählte er selbst Kurioses, verstärkte er den Effekt der Anekdote gern, indem er nach einer kurzen Pause einen aus einem einzigen Wort bestehenden Satz hinterherschob, nämlich: »Brutal.« Damit konnte er jeder noch so banalen Geschichte eine gesteigerte Bedeutung verleihen. Hatte er beispielsweise an einem Abend mit seinen Spezln mehr Bier als gewöhnlich konsumiert, sagte er am nächsten Tag: »Du, gestern, xuffa hamma. Brutal!« Oder bemerkte er bei einer Veranstaltung auffällig viele gut aussehende Frauen, erklärte er: »Du, Hasen waren da! Brutal!« Dazu kamen die Geräusche, die stets Aufschluss über seine Befindlichkeit gaben. Strengte ihn etwas an, machte er »Uh, uh, uh«, wenn es schmerzhaft wurde, klang es eher wie »Oh, oh, oh«. Auch bei gelegentlichen Saunagängen konnte er ein »Aaaaah« angesichts der erfrischenden kalten Dusche beziehungsweise ein die hohe Temperatur kommentierendes »Heieiei« nicht unterdrücken. Und so entfuhren ihm auch jetzt, in der Duschkabine des Zimmers Nummer vier, eigentümliche Geräusche, während er sich ausgiebig mit Duschdas einschäumte, damit er Natasha fein duftend begrüßen konnte. Er freute sich schon sehr auf sie, weil er sie so ungemein »rassig« fand.

Natasha hörte ihn wie immer schon vom Flur aus. Sie kannte sein geräuschvolles Verhalten unter der Dusche und musste schmunzeln. Sie war Ungarin, lebte aber bereits seit drei Jahren in Deutschland. Eigentlich war sie gekommen, um sich an einer Kölner Sprachschule zur Dolmetscherin ausbilden zu lassen. Das Geld war stets knapp, und so verdiente sie sich als Putzfrau ein paar Euro dazu. Als ihr der Filialleiter eines Büromarkts, in dem sie nach Ladenschluss die Gänge saugte, das Angebot machte, für zweihundert Euro mit ihm zu schlafen, war sie zunächst perplex und etwas vor den Kopf gestoßen. Doch dann rechnete sie sich aus, wie hoch ihre Lebenshaltungskosten und der ihnen gegenüberstehende tatsächliche Verdienst waren, und ihr wurde klar, dass diese »sexuelle Gefälligkeit« in keinem Verhältnis dazu stand. Also pokerte sie und ließ sich schließlich für fünfhundert Euro auf ungeschützten Verkehr mit dem attraktiven Mann ein. Dieses Erlebnis ging ihr nicht mehr aus dem Kopf, und jedes Mal, wenn sie mit Wischmopp oder Staubsauger durch die leeren, nächtlichen Büros irgendwelcher Firmen ging, ärgerte sie sich über ihre niedere Position und das lächerliche Gehalt, das sie für die harte Arbeit bekam. Sie begann, Kontaktanzeigen und die Homepages von Escort-Agenturen zu studieren, und fasste bald den Entschluss, sich in einem Etablissement zu bewerben. Sie machte einige Monate mehr oder weniger schlechte Erfahrungen mit ungepflegten »Aktionszimmern«, verhaltensgestörten Freiern, empathielosen Zuhältern und Kolleginnen, unfairen Abrechnungssystemen, befremdlichen Sexualpraktiken und seltsamen Vorlieben, bis ihr Weg sie ins reiche und schöne München führte, wo sie sich ihren Künstlernamen »Natasha« zulegte und im Roten Haus zu einigermaßen annehmbaren Konditionen gutes Geld mit halbwegs gepflegten und freundlichen Herren verdiente. Sie war nun schon seit fast einem Jahr hier unter Vertrag, musste hundertfünfzig Euro pro Tag an die Leiterin für gereinigte Zimmer, Pflege- und Intimprodukte, Halbpension und ein kleines privates Zimmer bezahlen und hatte sogar schon ein paar Stammkunden gewinnen können.

Zu ihnen zählte auch der Braumeister Barnabas: ein kräftiger Mann mit roten Wangen und einem runden, lustigen Gesicht, das sie hin und wieder an eine Clownspuppe erinnerte, die sie als Kind besessen hatte. Basti stand nur auf Oralverkehr, alles andere interessierte ihn nicht im Geringsten. Da in Bayern ungeschützter Verkehr mit Prostituierten in jeder Form verboten war, Basti aber darauf bestand – er redete sich ein, mit Kondom kaum etwas zu spüren –, hatte sie sich nach dem dritten Treffen gegen ein Honorar von zweihundertfünfzig Euro pro Stunde illegalerweise auf »Französisch Natur« eingelassen. In seinem Fall kostete es sie keine große Überwindung, da er enorm reinlich war, immer gut roch und auch keine sonstigen Extras einforderte. Sie erlaubte zum Beispiel niemals »Mundvollendung«, nicht mal ihrem Freund, mit dem es sowieso schwierig war, da er aus einer strengen kroatischen und damit katholischen Familie stammte, extrem eifersüchtig war und ihr ständig Szenen wegen ihres Berufs machte. Im Gegensatz zu Braumeister Basti stand ihr Freund nämlich auf ziemlich rohen Sex, was ihr zwar auch manchmal Spaß machte, allerdings ohne besagte Mundvollendung. Sie gestattete ihrem Freund dieses Vergnügen nur, wenn sie das Gefühl hatte, irgendetwas wiedergutmachen zu müssen. Doch das stand im Augenblick nicht zur Debatte, jetzt ging es darum, Basti eine Stunde lang zu seiner vollen Zufriedenheit zu verwöhnen.

Als sie die Tür öffnete, schlug ihr der frische Duft des Duschgels entgegen. Sie zog ihr Negligé aus und schlüpfte unter die Dusche zu Basti, der schlagartig mit seinen Geräuschen aufhörte. Sofort bedachte sie ihn mit zärtlichen Küssen, seifte seinen Rücken, seine Brust, seinen Intimbereich ein, und auch er massierte sie hingebungsvoll. Elegant sank Natasha auf die Knie und liebkoste seinen stattlichen Penis, wobei er mit der linken Hand leicht gegen ihren Hinterkopf drückte und sie dorthin dirigierte, wo er es besonders gern hatte.

Kurz darauf lag er auf dem großen runden Bett, über dem ein ebenso großer Spiegel hing, damit sich die Liebenden ausführlich betrachten konnten. Natasha zog auch heute wieder alle Register, während er ihr genussvoll dabei zusah. Ihm reichte im Prinzip ein Orgasmus pro Treffen, aber nach der »Hausordnung« durfte er innerhalb der vereinbarten Stunde so oft, wie er wollte, was er dann manchmal auch in Anspruch nahm. Trotzdem versuchte er, den ersten Höhepunkt so lang wie möglich hinauszuzögern. Das gelang meist, wenn er an etwas völlig anderes dachte. Diesmal versuchte er, im Geiste das aktuelle Ausbildungsangebot seiner Brauerei zu wiederholen. Das war für ihn eine besondere Übung, da er berufsbedingt häufig größere Mengen Bier zu sich nahm und seine Konzentrationsfähigkeit darunter zunehmend litt. Er sah sich auf dem Rücken liegend im Spiegel, die eine Hand bequem hinter dem Nacken, die andere in der Nähe von Natashas sich unter aufreizenden Stöhngeräuschen und rhythmischen Bewegungen auf- und abbewegenden Kopfes. Er schloss die Augen und rekapitulierte den Wortlaut der Annonce für den Ausbildungsplatz eines Brauereigehilfen: »In unserer modernen Braumanufaktur erwartet Sie ein vielfältiges Aufgabengebiet. Sie erlernen alle Arbeitsschritte der Bierherstellung vom Schroten des Malzes bis zur Flaschenabfüllung. Darüber hinaus umfasst Ihre Ausbildung auch die Herstellung von Destillaten, die Betreuung von Festen sowie die Pflege von Schankanlagen.«

Natasha war ein Stück weiter nach unten gerutscht und bedachte nun auch seine »Kronjuwelen«. Sie war wirklich eine Meisterin auf ihrem Gebiet. Er würde den Höhepunkt nur noch kurze Zeit zurückhalten können. Unbemerkt zog er die Hand hinter seinem Nacken hervor, sie war zur Faust geballt. Langsam öffnete er erst die Finger und dann die Augen. Auf seiner Handfläche lag eine längliche, hellblau-weiße Kapsel. Er lächelte, während er sich die Pille in den Mund schob und dann runterschluckte. Wenige Sekunden danach kam es ihm. Natasha erledigte alles wie immer sorgfältig, bediente ihren Gast fachgerecht und mustergültig. Heute war seine Ekstase noch stärker als sonst, er bäumte sich auf, keuchte und ächzte, zuckte mit den Beinen und japste nach Luft. »Donnerwetter«, dachte sich Natasha auf Ungarisch, »heute zappelt er ja wie ein Fisch an der Angel, so wie es in meiner Anwesenheit seit dem verhängnisvollen Zornesausbruch meines Großvaters bei seiner letzten Hochzeit kein Mann mehr getan hat.« Die ungarische Sprache ist manchmal recht blumig. Doch als der Braumeister Basti sich plötzlich nicht mehr rührte und sein Gesicht sich seltsam verzerrt hatte, fielen selbst Natasha keine blumigen Worte mehr ein.

3. Kapitel

»Der Tag fing heute Morgen wirklich sehr bescheuert an, denn meine Frau, die baggerte den Nachbarn wieder an. Und auf den Schreck verklemmte sich mein Drei-Minuten-Ei! Die Tochter rief ganz laut: Mein Gott, ist das ’ne Show! Bist du damit noch frei?«

Hans Josef sah schlaftrunken auf seinen Handywecker. Es war 7:15 Uhr. Beim Herumspielen mit dem Smartphone hatte er neulich wohl versehentlich das Lied »Heute schütte ich mich zu« von Karl Dall als Weckmelodie eingestellt. Er hatte unruhig geschlafen. Der Artikel über den Suizid bei der Prostituierten hatte sonderbare Träume zur Folge gehabt, in denen sich mehrere Ereignisse der letzten Tage mit fiktivem Traumgeschehen mischten. Zu Beginn des Traums hatte er auf dem Behandlungsstuhl einer kleinen, etwas unheimlichen Zahnärztin gesessen. Sein Mund wurde durch eine silberne Klammer offen gehalten. Die Zahnärztin hielt eine dicke, bedruckte Papierrolle in der Hand, die nach Wandtapete aussah. Er verdrehte den Kopf, um lesen zu können, was darauf stand.

»Kopf oben lassen«, rief die Zahnärztin. »Das ist ein ganz normaler, handelsüblicher Heil- und Kostenplan. Sie müssen nur noch unterschreiben, dann kann die Operation losgehen.« Hans Josef lallte irgendetwas Unverständliches durch die Klammer hindurch, aber die Ärztin unterbrach ihn. »Es wird preislich im Rahmen bleiben. Keine Angst, ich mache das hier nicht zum ersten Mal. Sie sind heute bereits mein fünfter Freier. Hoffentlich werden Sie den Verkehr überleben. Der letzte Besucher hat sich für immer verabschiedet. Für immer. Für immer. Für immer.«

Die Stimme der Frau wurde leiser und klang, als wäre sie mit einem Echo-Effektgerät bearbeitet worden. Hans Josef trat im Traum der Schweiß auf die Stirn.

»Sie haben nichts zu befürchten. Wir versetzen Sie in einen harmlosen Dämmerschlaf. Und wenn Sie erwachen, werden Sie sich an nichts erinnern. An nichts. An nichts. An nichts.«

Gespenstisch verhallten die Worte der unheilvollen Ärztin, die sich gerade in Luft auflöste, als plötzlich Kindergeschrei zu vernehmen war. Da bemerkte Hans Josef, dass auch seine Augen mit silbernen Klammern offen gehalten wurden. Das Kindergeschrei schien aus dem Wartebereich der Praxis in das Behandlungszimmer zu dringen. Eine Sprechstundenhilfe mit weißer Schürze kam hereingerannt und brüllte hysterisch: »Wo ist die Frau Doktor?«

»Ich weiß es leider nicht«, versuchte Hans Josef trotz der Mundklammer zu antworten, allerdings klang es eher wie »Igä gä gäggä gä«.

Er wollte wissen, was es mit dem Kindergeschrei auf sich hatte, und schickte sich an, durch pantomimische Bewegungen auf die Situation im Wartezimmer hinzuweisen, da fiel ihm auf, dass seine Hände in rosafarbenen Plüschhandschellen lagen.

»Die Frau Doktor wird dringend im Entbindungszimmer erwartet. Haben Sie sie nicht gesehen?«

Hilflos versuchte Hans Josef, etwas zu sagen, doch vergeblich.

»Die Wehen von der Frau Doktor haben nämlich bereits begonnen, müssen Sie wissen.«

Die Sprechstundenhilfe lachte. Dabei kamen durch und durch goldene Zähne zum Vorschein. Auf einmal sah Hans Josef, dass sie ein Kind im Arm trug. Ein Kind mit einem indischen Turban! Es starrte ins Leere und begann dann mit quäkender Stimme zu singen:

»Heute schütte ich mich zu
denn ich hab ja allen Grund dazu!
Heute hau ich einen drauf,
na hallo, heut hält mich keiner auf!
Heute wackelt hier die Wand,
und was kümmert mich der Brausebrand?
Mit Gefühl, schubidu,
schütt ich mich heut zu!«

Das war der Moment, als Hans Josef Strauß aus seinem Traum erwachte. Was für ein Weckton! Karl Dall! Er war heilfroh, dass die Ärztin und das Kind verschwunden waren, und überlegte, ob er möglicherweise heute freinehmen und dem Rat von Karl Dall folgen sollte. Doch dann riss er sich zusammen und entschied sich dagegen.

Er stand auf, machte sich einen Kaffee und ging ins Büro hinüber, um die bisherigen Ergebnisse im Fall der potenziell kriminellen Zahnärztin zusammenzutragen. Es waren deutlich mehr Dokumente zu sortieren als angenommen. Die relativ nüchterne Büroarbeit ließ ihn den verwirrenden Traum rasch vergessen. An der Wand neben seinem Schreibtisch hing eine Postkarte, die Quirin im vergangenen Jahr vom Oktoberfest an ihn geschickt hatte. Darauf war ein altmodisch gezeichneter feister Bayer mit Tracht und Gamsbart abgebildet, der einen gefüllten Maßkrug in der einen und eine Gabel mit einem aufgespießten Knödel in der anderen Hand hielt. Vor ihm auf dem Tisch stand ein Suppenteller mit reichlich Soße und einer Schweinshaxe, in der ein scharfes Küchenmesser steckte, daneben eine Schüssel mit weiteren Knödeln. Aus der Jackentasche des Mannes ragte ein kariertes Stofftaschentuch. Der Mann sah glücklich aus, seine Wangen und die Nase waren leicht gerötet. In schnörkeliger Schreibschrift stand darunter: »Dös hat mir der Arzt verschrieb'n!« Hans Josef mochte grundsätzlich keine Apostrophe. Noch mehr allerdings störte ihn der Speicheltropfen, der dem Mann aus dem Mund lief. Den hätte er sich doch mit dem Taschentuch wegwischen können. Sehr lustig fand er allerdings, dass Quirin sich die Mühe gemacht hatte, die Postkarte auf dem Oktoberfest zu schreiben, sie zu frankieren, zu einem Briefkasten zu gehen und sie einzuwerfen, obwohl er ja im selben Haus wie er wohnte. Der allergrößte Gag an der Postkarte aber war, dass Quirin eine Büroklammer an den Rand geklemmt und dazugeschrieben hatte: »Anbei ein Fünfzigeuroschein.« So als wäre jener Schein auf dem Postweg verloren gegangen. Das war ein Scherz, den höchstens Meister Karl Valentin hätte übertrumpfen können. Hans Josef lachte in sich hinein und legte eine weitere Mappe auf den Stapel mit den Dokumenten zum Fall Kimberly Grimm.

4. Kapitel

Violetta haderte mit allem. Ihrem Beruf. Ihrem Leben. Ihrer Moral. Durch den Selbstmord dieses Mannes hatte sich alles verändert. Es waren seitdem zwei Tage vergangen, die Polizei hatte eindeutig »Selbsttötung« bescheinigt, der Tote war weggebracht worden. Das Zimmer war drei Mal von Grund auf durch den Reinigungsdienst gesäubert und desinfiziert worden. Doch ehe das Leben normal weitergehen konnte, hatte sich ein Journalist hinterhältig in den Pink Bunny Club eingeschlichen, sich als Kunde ausgegeben und nach Herzenslust herumgeschnüffelt. Woher er den Tipp hatte, wusste niemand. Von einem Mitarbeiter des Hauses? Einem Polizisten? Es war letztendlich egal, jedenfalls stellte sich diese Sache als ein Riesenärgernis heraus, denn der kurz darauf erschienene Artikel in dem niveaulosesten deutschsprachigen Boulevardblatt zog eine Reihe von Anrufen, Besuchen und Anfragen anderer Gazetten nach sich. So wurde es für die Damen des Pink Bunny Club besonders schwierig, nicht rund um die Uhr an das Geschehene zu denken, und zudem wurden sie auch noch in der Ausübung ihrer Arbeit behindert. Aufgrund der Zeitungsmeldungen blieben nämlich viele Kunden fern, wohl auch, um nicht von Presseleuten gesehen und identifiziert zu werden.

Violetta fragte sich indes immer und immer wieder, wieso der Mann es getan haben könnte. Und warum ausgerechnet bei ihr? War ihm klar gewesen, was er damit anrichten würde? Vielleicht war er ja auch ein verkappter Hurenhasser gewesen, ein verwirrter Fundamentalist, einem religiösen Wahn verfallen oder sonst wie geistig durcheinander. Das Schlimmste war aber, dass sie seit den Ereignissen wie traumatisiert war. Wenn vor dem Haus ein Feuerwehr-, Polizei- oder Krankenwagen mit heulender Sirene vorbeifuhr, zuckte sie zusammen. Augenblicklich schossen ihr Bilder durch den Kopf, schreckliche Visionen wie aus einem Horrorfilm oder einem Thriller. Hitchcock hätte es nicht quälender inszenieren können, denn die Bilder waren nicht plakativ, sondern eher subtil, weniger blutig als zutiefst beunruhigend. Sie lösten in der jungen Frau eine bisher nie gekannte Angst aus. Meist erschien eine Szene vor ihrem inneren Auge, in der sie in ein ihr fremdes Tal hinabstieg. Je tiefer sie kam, desto dunkler wurde es und desto dichter wurde das Gestrüpp um sie herum. Außerdem vernahm sie eigenartige Geräusche, sie klangen wie einander überlagernde und mit einem hallenden Effekt versehene Tierstimmen. Sie fühlte sich bedroht und von unbekannten Wesen umzingelt. Diese Dämonen in ihrem Kopf waren schrecklich, und sie erinnerte sich immer wieder an den Film *Das Schweigen der Lämmer*, in dem die junge Agentin Sterling, gespielt von Jodie Foster, durch den kannibalischen Serienmörder und Psychiater Hannibal Lecter ihr Kindheitstrauma Revue passieren lässt und sich an das grauenhafte Schreien junger Lämmer kurz vor der Schlachtung erinnern muss. Exakt so fühlte sich Violetta, nur dass sie keinen Hannibal Lecter kannte, der ihr Trauma mit ihr aufarbeitete.

Sie zuckte zusammen, als es plötzlich an die Tür des Aufenthaltsraums für Nichtraucherinnen klopfte. In ihren Pausen hielt sie sich in diesem Zimmer im dritten Stock des Pink Bunny Club auf, seit sie vor einem Jahr das Rauchen aufgegeben hatte. Viele Kunden hatten etwas gegen den Nikotingeschmack und -geruch, aber davon abgesehen hatte sie auch oft Kopfschmerzen von den Zigaretten bekommen. Im Raucherzimmer, das im ersten Stock lag, ging es immer rund, weil stets mindestens drei oder vier ihrer Kolleginnen herumsaßen und sich bei mäßiger Auftragslage die Zeit mit frivolen Witzchen und Anekdoten vertrieben.

»Ja!«, rief Violetta. Die Tür ging auf, und Grace, eine transsexuelle Kollegin aus Ghana, stets in eleganten Frauenkleidern, kam herein. Sie trug wie immer übertrieben viel Lipgloss, und ihr üppiger Afro glänzte und glitzerte dank eines Effekt-Haarsprays.

»Hi, Vio«, flötete Grace. »Da ist ein Kunde, der gerne deine Dienste in Anspruch nehmen würde.«

»O nein, da hab ich jetzt grad keinen Bock drauf. Kann er nicht morgen wiederkommen?«

»Er wirkt etwas ausgehungert, Schätzelchen. Ich glaub nicht, dass er sich vertreiben lässt.«

»Was ist es denn für einer?«

»Ein Normalo. Harmlos.«

»Also kein Bulle oder Zeitungsfritze?«

»Nein, glaub ich nicht.«

»Und was will er?«

»Ich glaub, der möchte, dass du ihm den Popo verhaust.« Grace zwinkerte ihr zu und grinste.

»Idiot!« Violetta schlug scherzhaft mit der Hand nach ihrer Kollegin. Grace wich geschickt aus. »Ist denn überhaupt ein Raum frei?«

»Ja, Raum neun.«

»Na gut«, seufzte Violetta. »Warte noch kurz, und dann schick ihn hin. Ich bin in zwei Minuten dort.«

Violetta hatte ihre Fotos auf der Website verpixelt, damit nicht jeder wusste, wie sie aussah. Sie war der Meinung, dass man anhand ihrer Figur erahnen konnte, was einen erwartete, und mit etwas Fantasie war es leicht zu erraten, dass auch ihr Gesicht nicht das hässlichste war. In Zimmer neun angekommen, warf sie einen Blick in den Spiegel, richtete ihr Haar und prüfte, ob die Reizwäsche – heute war sie olivgrün – auch richtig saß. Dieses Zimmer hatte keinen Whirlpool, dafür aber ein Wasserbett. Zugegebenermaßen war das nicht jedermanns Sache, doch Violetta kannte einige nette Spielchen, die man darauf machen konnte. Da klopfte es auch schon.

»Ja?«

»Kundschaft«, rief die transsexuelle Grace fröhlich, klimperte mit ihren zahlreichen goldenen Armreifen und ließ den ungefähr sechzigjährigen Kunden ein. Der Mann ging etwas nach vorne gebeugt. Er war groß, leicht untersetzt, hatte fast keine Haare mehr auf dem Kopf, einen Schnurrbart, abstehende Ohren, und zu allem Übel trug er einen schlecht sitzenden Anzug. Violetta wollte die Nummer rasch hinter sich bringen und machte sich daran, kurz und knapp die Eckdaten zu klären.

»Hallo, du«, hauchte sie. »Na, was hast du heute Schönes mit mir vor?«

Wie oft hatte sie diesen Satz in den letzten Monaten wohl gesagt? Hundertmal? Zweihundertmal? Der Mann kannte sich mit den gängigen Abkürzungen aus und antwortete: »Neunundsechzig und GV.«

»Sonst nichts?«

»Nein, eigentlich nicht.«

»Was meinst du mit ›eigentlich‹, Süßer?«, fragte Violetta und legte ihre Arme um seinen Hals. »Wollen wir einfach anfangen und dann mal schauen, was wir noch so für dich tun können?« Sie küsste ihn entgegen ihres Prinzips. Er schmeckte nach Kaffee. Dann lockerte sie mit geübtem Handgriff seine Krawatte. »Ein Stündchen?«, fragte sie strahlend.

»Ja«, sagte er und hüpfte ungelenk auf und ab, während er versuchte, seine Schuhe im Stehen auszuziehen.

»Setz dich doch hin, Hase«, sagte Violetta und zog den Stringtanga aus. Der Mann folgte ihrem Ratschlag, und endlich gelang es ihm, die Schuhe abzustreifen. Dann wühlte er in der Seitentasche seines Sakkos, was Violetta misstrauisch machte. Ihren Geldbeutel tragen die meisten Männer in der Innentasche.

»Was suchst du?«

»Ach, ich, äh … ich nehm gern vorher was Stimulierendes ein …«

Es war fast so, als erklänge die stechende Geigenmusik aus Hitchcocks *Psycho* in ihrem Kopf. Was, wenn dieser Mann nun auch plante, sich umzubringen? Es passierte schließlich so gut wie nie, dass einer direkt vor dem Akt Pillen einwarf, weil sie ja nicht sofort wirkten. Auf einmal hatte Violetta Mühe zu atmen. Sie hätte auf der Stelle losheulen können oder sich übergeben oder einen Schreikrampf bekommen. Der Mann bemerkte, dass etwas nicht stimmte. »Was ist denn mit dir?«

»Nichts. Bitte sei mir nicht böse, aber ich kann das heute einfach nicht«, stotterte sie mit brüchiger Stimme. Sie spürte, dass die Tränen nicht mehr zurückzuhalten waren, und rannte blindlings aus dem Zimmer, direkt in die Arme von Grace, die sehr sensibel und aus Sorge um Violetta sicherheitshalber in der Nähe geblieben war.

Eine gute Stunde später – der Kerl mit den abstehenden Ohren war inzwischen bei ihrer Kollegin Chantalle untergekommen – lag Violetta auf dem Sofa im Nichtraucherraum, den Kopf auf Graces Schoß, und schluchzte.

»Ich weiß nicht, ich kann … ich glaub … ich kann vielleicht nie wieder normal mit einem Mann schlafen.«

»Ach, da würd ich mir keine Sorgen machen«, erwiderte Grace. »Aber vielleicht solltest du dir mal zwei Wochen Urlaub gönnen, auf Ibiza oder Korfu.«

»Ja, das ist vielleicht wirklich erst mal das Beste.«

»Das würden auch alle verstehen«, sagte Grace und streichelte Violettas schönes blondes Haar.

Da wurde ohne Anklopfen die Tür aufgestoßen. Mirabella, eine temperamentvolle Spanierin, die eigentlich heute freihatte, stürmte herein.

»Stellt euch vor, nächste Perverse hat gemacht Suicidio!«

»Sidio?«, fragte Violetta verwirrt.

»No! Suicidio! Er hatte gemach Mord an sich selbs bei Chantalle.«

»Nein!« Violetta sprang auf.

»O nein, nicht, dass das jetzt modern wird«, stöhnte Grace und verdrehte die Augen. »Was für eine abscheuliche Form von Trittbrettfahrerei!«

»Woher weißt du das?«, wollte Violetta von Mirabella wissen.

»Von Chantalle. Sie ist total zerstört, wird gerade von Barkeeper betreut!«

»Die Arme! O Mann, das hat uns gerade noch gefehlt! Wir werden ab jetzt keine ruhige Minute mehr haben. So eine verdammte Scheiße!«

5. Kapitel

Grace, Violetta, Mirabella und Chantalle saßen am späten Donnerstagvormittag in Graces Küche in Haidhausen. Die Leiterin des Pink Bunny Club war zwar gerade in Wien, hatte aber telefonisch zugestimmt, den Club erst mal für ein paar Tage zu schließen, bis der erste Wirbel vorbei sein würde. Zwei Suizide im gleichen Club innerhalb kurzer Zeit, und immer nach demselben Schema: Bordellbesuch, das Finanzielle regeln, duschen, Sex, Selbstmord durch Zyankali (zumindest stand das in den Zeitungen) in den Armen der jeweiligen Dame. Von dem dritten Selbstmord wussten die Frauen ja noch nichts, da die Polizei aus ermittlungstechnischen Gründen zunächst keine Informationen an die Presse weitergab.

»Was sollen wir nur tun?«, frage Violetta verzweifelt. »Es ist ja fast wie eine Epidemie. Diese völlig unberechenbaren Selbstmorde sind eine latente Gefahr, die sich nicht gegen uns richtet, sondern wie ein Virus zu uns hereingeschleppt wird. Es gibt überhaupt keine Hinweise auf das Warum oder das Wozu.«

»Es ist das Verrückteste, was ich je gehört habe«, murmelte Grace.

»Man müsste wohl haben eine Obsserwadorr«, zischte Mirabella.

»Was müsste man haben?«, fragte Violetta. Sie vermutete, die Spanierin meinte, sie sollten sich gegen ihr Prinzip einen Zuhälter anlachen.

»Eine Mann, der herausfindet, was steckt dahinter. So wie Humphrey Bogart in Film.«

»Ein Detektiv!«, rief Grace. »Da hat Mirabella recht! Dass wir darauf noch nicht gekommen sind … Wir müssen einen Detektiv beauftragen, der inkognito ermittelt. Die Polizei allein findet nie im Leben raus, was da los ist.«

Violetta kam das alles so absurd vor, dass sie nur noch den Kopf schüttelte. Währenddessen überlegte sie, ob es wohl möglich war, sich Kopfschütteln so sehr anzugewöhnen, dass man damit niemals mehr aufhören konnte.

»Ich werde den Job als Hure vorerst an den Nagel hängen«, sagte Grace jetzt. »Das ist mir momentan zu unsicher mit den ganzen Übergeschnappten.«

»Was willst du stattdessen tun?«, fragte Violetta.

»Ich gehe wieder in die Show-Szene und trete als Glamourgirl auf. Hab ich ja früher auch schon gemacht.«

»Oh, das kann ich mir sehr gut vorstellen, du bist sicher umwerfend auf der Bühne.«

»Klar, Schätzchen, die Jokes habe ich noch immer drauf, die vergisst du nie, das ist wie Fahrradfahren. Gleich zu Beginn frage ich in die Runde, ob eine der Damen Tampons hat. Natürlich melden sich einige, ich winke dann gleich ab und sage: ›Aber bitte richtige Tampons, nicht, dass mir wieder eine von den Hippie-Mäusen Tempotaschentücher andrehen möchte, ich drehe nämlich nicht selbst.‹ Und dann gibt mir eine Frau aus dem Publikum einen Tampon, da sage ich: ›Oh, das ist aber nicht meine Größe. Die kann ich leider nicht verwenden. Ich nehme nämlich immer noch mini.‹«

Die anderen Frauen im Raum quiekten vor Vergnügen.

»Ich hab übrigens noch einen Flyer von damals da, wartet, Mädels, ich zeig ihn euch mal.«

Grace kramte in ihrer riesigen türkisfarbenen Handtasche und zog nach einiger Zeit eine etwas mitgenommene Postkarte heraus. Darauf war ein Kranz aus aufgeschnittenen Wassermelonen abgebildet, in dessen Mitte Graces Gesicht prangte. Sie trug überdimensionale künstliche Wimpern, reichlich Lipgloss und einen Afro-Haarschnitt, gegen den ihre heutige Frisur einem harmlosen Bubikopf glich. Darunter stand in goldenen Lettern der Titel der Show: »AFRODITE – Travestie.«

Mirabella und Chantalle gerieten deswegen völlig aus dem Häuschen, gackerten und glucksten wie zwei Jugendliche. Afrodite war ja auch wirklich ein phänomenal gewählter Name für einen androgynen, hochgewachsenen, schönen dunkelhäutigen Mann in Frauenkleidern und mit Afro. Auch Violetta ließ sich kurzzeitig von ihren eigentlichen Sorgen ablenken. Die Kolleginnen lachten und scherzten, und dieser Moment der Unbeschwertheit tat ihnen allen gut. Doch schon wenige Minuten später wurden ihre Gesichter wieder ernst, und sie erinnerten sich daran, warum sie hier zusammensaßen.

6. Kapitel

Zur gleichen Zeit wartete Quirin im Friseursalon Cut Hair Ina in der Kohlstraße nahe des Deutschen Museums auf seinen Termin. Er war etwas zu früh und überlegte, ob er sein gerade eben erworbenes Buch *Essen muss wehtun* herausholen könnte, ohne die Aufmerksamkeit der anderen Wartenden auf sich zu ziehen. Er plante nämlich seit Längerem eine Abmagerungskur, und sämtliche bisher angestrebten Versuche waren kläglich gescheitert. Bodyhacking, No Carb, die Orangendiät von Idi Amin, die Mayr-Semmel-Kur, die belgische Weißwein-Rohmilchkäse-Entschlackungsmethode, die von einem niederbayrischen Juristen erfundene Bruhnsche Bölk-Diät – alles Fehlanzeige. Quirins Bauch hing weiter fröhlich über den Hosenbund. Was er auch anstellte, er war stets gewölbt. Nach außen. Er verstand nicht, warum es nicht endlich funktionierte! Schließlich hatte die freundliche Wurschtverkäuferin im ehemaligen Tengelmann am Gärtnerplatz, der jetzt Edeka hieß, ihm *Essen muss wehtun* von Vera F. Grothuis empfohlen. Bei dieser Methode ging es darum, das Essen in möglichst großen Brocken hinunterzuwürgen, damit bereits beim Schlucken Schmerzen entstehen, die einen nach und nach vom Verzehr fester Nahrung abbringen und somit ein langfristig zufriedenstellendes

Ergebnis herbeiführen sollten. Im Idealfall blieben ab und zu Brocken sprichwörtlich »im Halse stecken«. Die so entstehenden Erstickungsanfälle und die damit verbundene Panik sollten den Prozess beschleunigen und einen ganz schnell zum Wunschgewicht bringen – vorausgesetzt, man überlebte. Das Wichtigste an dieser Diät war also, stets die größtmögliche Menge zu sich zu nehmen. Bier nur in Maßkrügen und auf ex, Wein natürlich nur flaschenweise. Gerade las er das Kapitel »Wut-Esser«, in dem es darum ging, mit der bürgerlichen Tradition der kontrollierten Nahrungsaufnahme zu brechen und einfach alles gnadenlos in sich hineinzustopfen, um seinen Zorn »nach innen« zu mildern. Sobald auch nur der geringste Anlass für Ärger bestünde, solle man sofort ein großes Käsebrot, ein Fleischpflanzerl, drei bis vier hart gekochte Eier oder sonst etwas rasch Essbares in den Mund stopfen und hinunterwürgen. Somit könne man laut der Autorin Magengeschwüre vermeiden und ein gesundes »Ventil« zum Abbau von Groll schaffen. Quirin fand dieses Prinzip nachvollziehbar. Allerdings hielt er es für ungünstig, mit einem Buch dieses Titels in einem öffentlichen Raum gesichtet zu werden, erst recht in einem Friseursalon, in dem er zum ersten Mal Kunde war.

Quirin atmete ein paar Mal tief schnaufend ein und aus, griff dann nach einem Prominentenmagazin und blätterte darin. Eine Friseurin mit stark geschminktem Gesicht sortierte gerade Pflegemittel in das Regal hinter dem Verkaufstisch, als die Tür unter hellem Glöckchenbimmeln aufging. Ein braun gebrannter junger Mann in schneeweißem Trainingsanzug und goldenen Sneakers trat ein. Seine kleinen dunklen Naturlocken waren am oberen Hinterkopf mit einem pinkfarbenen Gummiband zu einem Dutt zusammengebunden.

»Äh, Schuldigung, was haben Sie für Frisuren in Angebot grad?«, fragte er mit osmanisch-bayrischem Akzent.

»Also, diese Woche hätten wir beispielsweise einen Karottenbob für fünfundsiebzig Euro.«

Quirin sah von seinem durchaus interessanten Artikel über die britische Königsfamilie auf und verfolgte das Gespräch.

»Was ist das für ein Frisur?«

»Das ist eine klassische Lesbenfrisur, also Kurzhaar mit zwölf verschiedenen Haarfarben, also natürlich Pink und Gelb als Grundfarben und zehn weitere Töne nach freier Auswahl.«

»Hey, des schaut doch bestimmt total schwul aus.«

»Wie gesagt, es ist eine Lesbenfrisur. Für homosexuelle Männer haben wir diesen Monat den Gay Shaggy, also einen Zottelkopf, das ist aber nur bei kräftigem Haar möglich.«

»Nein, also ich such eher so coole Frisur und so was.«

»Nun, das ist freilich alles Geschmackssache.«

»Schon.«

Die Friseurin wirkte belustigt, setzte das Gespräch aber professionell fort.

»Hätten Sie die Haare denn gern kurz?«

»Ja, Seiten kurz. Machen sie nur kurz, oder?«

»Nun ja, also kurz, äh …«

»Also, machen sie kurz oder geht auch ganz kurz?«

»Ganz kurz?«

»Ja, weil gibt ja so zwei Sorten. Kurz. Oder ganz kurz.«

»Wir können Ihnen die Haare mit der Maschine millimetergenau kurz schneiden. Wenn Sie möchten, rasieren wir Ihnen auch eine Glatze.«

»Glatze? Nein, lieber nicht, weil des schaut dann halt voll mongomäßig aus.«

»Haben Sie dünnes Haar?«

»Nein, bei mir ist fest.«

»Ihre Haare sind ja eher mittellang. Ich sehe aber, Sie haben Locken.«

»Äh, Schuldigung, Locken sind was für Weiber. Ich hab Kraushaar. Weißt schon.«

»Wie bitte?«

»Locken is weibermäßig, isch bin Mann, Alter. Kennen Sie Tyga?«

»Wen?«

Allmählich schien der Frau das Gespräch auf die Nerven zu gehen.

»Tyga. Ist so Rapper aus Amerika und so was. Er hat enzgeile Frise.«

»Sie können gern ein Foto mitbringen von der gewünschten Frisur.«

»Tyga hat Seite kurz und oben flat.«

»Meinen Sie einen Flattop?«

»Flat halt.«

»Dieser Haarschnitt ist bei Soldaten sehr beliebt. Bekannt wurde die Frisur übrigens durch die Sängerin Grace Jones, falls Ihnen das was sagt.«

»Ist das Rapperin?«

»Na ja, eher eine Disco-Queen.«

»Disco ist enzschwul.«

»Wie dem auch sei. Einen Flattop können wir Ihnen gerne schneiden. Mit Haarwäsche würde das fünfunddreißig Euro kosten.«

Während ihre Angestellte sich mit dem begriffsstutzigen jungen Mann herumschlug, hatte die Besitzerin des Salons, Katharina, ihren Kunden fertig frisiert und begrüßte nun Quirin. Sie führte ihn zur Haarwäsche und bat ihn dann, auf dem Friseurstuhl Platz zu nehmen. Quirin stellte amüsiert fest, dass das Gespräch mit dem weiß gekleideten Interessenten noch immer nicht vorbei war.

»Machen Sie auch Ausländerfrisur?«

»Was ist das denn?«

»Ausländerfrisur ist so hinten kurz und oben steht in alle Richtungen, weißt schon, so wie bei Vogel, wo in Steckdose reingeflogen ist, hahaha, nein, weißt schon, ich mein, so wie bei Kakadu.«

»Ja, natürlich, das bieten wir an. Das ist der traditionelle Balkan-Cut.«

»Schon. Aber ich wollt andere Frisur, also, nicht wie jeder Ausländer, sondern individuelle Frisur, weißt, wie ich mein?«

»Na ja, da weiß ich natürlich nicht, was genau …«

Die Friseurin blickte nun vollkommen hilflos drein. Doch ihr Besucher wusste Rat.

»Mansche Ausländer haben oben Seite rasiert und nur so Kranz.«

»Das ist der Monk. Aber der ist seit Bushido out, um ehrlich zu sein.«

»Und was schaut gettomäßig aus?«

»Da würd ich Ihnen einen Migrantenhaarschnitt empfehlen, also, das ist eine kleine Tolle vorn, die mit sehr viel Gel aufgestellt wird.«

»Da schau ich ja aus wie der volle Hurensohn.«

Katharina alias Cut Hair Ina fing an, Quirins Spitzen zu schneiden. Nur mühsam wandte er seine Aufmerksamkeit von dem Gespräch ab und sagte: »Nicht zu kurz, bitte.«

»Aber schon deutlich kürzer, oder?«

»Nein, lieber nur ein bisserl.«

»Sie waren aber, so wie es aussieht, schon länger nicht mehr beim Haareschneiden?«

»Doch«, empörte sich Quirin. »Ich geh lieber öfter, dafür möcht ich's nicht so kurz! Das sollte doch möglich sein!«

»Hm ...«, meinte Katharina vieldeutig und schnitt mit leichtem Kopfschütteln an seinem Kopf herum. Kritisch verfolgte Quirin jede ihrer Handbewegungen, als könnte er ihr Tun durch seinen Blick mäßigen. Er merkte, dass die Situation zu kippen begann, ein Zustand, den er seit seiner Kindheit kannte und hasste, weil er ihn meist selbst auslöste, auch wenn es niemals seine Absicht war. Aber immer wieder vergriff er sich, wenn auch nur minimal, im Ton oder strahlte von einer Sekunde auf die andere Unwohlsein aus, was sich sofort auf die Menschen um ihn herum übertrug. Er bekam dann Schuldgefühle, die ihn oft tagelang plagten. Ärztliche Hilfe lehnte er ab, da er schon von seinem Großvater gelernt hatte, dass seelische Probleme mit der Beichte gelöst und im Zweifelsfall mithilfe von ein paar schönen Bierchen hinuntergeschwemmt werden konnten. Im Moment befand sich allerdings weder ein Beichtvater noch ein Bier in Reichweite, und er wollte ja auch die Stammcoiffeurin seines besten Freundes nicht vergrämen, also entschied er sich, ein wenig gut Wetter zu machen.

»Ich soll übrigens schöne Grüße vom Hans Josef sagen.«

»Von wem?«

»Von dem Westfalen.«

»Wie heißt der noch mal?«

»Strauß.«

»Strauß?«

»Ja. Hans Josef Strauß.«

»Ach so, vom Hajo! Ja, super, viele Grüße zurück!«

7. Kapitel

Ebenfalls an jenem Donnerstag hatte Hans Josef Strauß gegen Mittag die Ergebnisse seiner Arbeit im Fall der betrügerischen Zahnärztin gerade zur Post gebracht und war wieder zurück ins Büro gekommen, als es an der Tür läutete. Am Klingelton erkannte er, dass der Besucher sich bereits im Haus und damit vor seiner Wohnungstür befand. Er lugte durch den Spion und erkannte mit Schrecken, dass da Herr Nickler stand, sein Versicherungsvertreter. Herrje, den Termin hatte er ja völlig vergessen! Seufzend öffnete Hans Josef die Tür.

»Herr Nickler, grüß Sie!«

»Bin ich zu früh?«

»Nein, Sie sind absolut pünktlich. Kommen Sie doch bitte rein.«

»Gern«, freute sich Nickler und trat ein. Hans Josef führte ihn in das Büro, das er sich mit Quirin teilte. Nachdem der Versicherungsvertreter sich gesetzt und dankbar ein Glas Mineralwasser entgegengenommen hatte, kam er ohne Umschweife zum Geschäftlichen. Er öffnete seine Mappe und nahm einige Unterlagen heraus.

»So, Herr Strauß, wir haben ja letztes Mal über Ihre Hausratversicherung gesprochen. Haben Sie mein Schreiben bekommen?«

»Ja, aber ich glaube, ich brauche diese Versicherung nicht.«

»Stellen Sie sich vor, Sie sind nicht zu Hause, und in Ihrer Wohnung entsteht ein Kabelbrand. Oder ein Überspannungsschaden durch Gewitter. Oder ein Einbruch. Schaun's mal, Ihr Flachbildschirm, das Porzellan, Ihre schönen alten Möbel, das sind doch alles wertvolle Dinge.«

»Na ja, ich weiß nicht, also …«

»Bei der Quadratmeterzahl Ihrer Wohnung sind das lediglich neunzehn Euro monatlich. Des würd ich mir an Ihrer Stelle schon noch mal überlegen.«

»Ja, also, neunzehn Euro ist ja wirklich nicht viel.«

»Ich rate es Ihnen dringend. Äh, eine kleine Bitte, ich bin heut schon seit aller Herrgottsfrüh unterwegs, könnt ich vielleicht eine Tasse Espresso haben?«

»Ja, natürlich.«

»Wenn's Ihnen recht ist, komm ich kurz mit in die Küche, damit ich einen schnellen Blick auf Ihre Haushaltsgeräte werfen kann. Weil nicht alle Geräte automatisch mitversichert sind.«

»Ach so?«

»Ja, ich schau gern amal nach.«

»Äh, na gut. Bitte, hier entlang.«

Sie gingen in Hans Josefs Küche hinüber, in der gerade ein für Außenstehende schwer nachvollziehbarer Ordnungszustand herrschte. Hans Josef war das ein bisschen peinlich, aber Herrn Nickler schien es gar nicht aufzufallen. Er hatte nur Augen für die Geräte.

»Oh, Sie haben eine Ceranherdplatte. Da müsst man

dann noch Glasbruch dazunehmen, das sind aber gerade mal drei Euro mehr im Monat.«

»Nun, das ließe sich verschmerzen. Sie können mir ja mal die Unterlagen dalassen.«

Die Espressomaschine zischte, und Kaffeeduft erfüllte den Raum. Hans Josef reichte dem Versicherungsvertreter eine dampfende Tasse.

»Hier, Ihr Espresso.«

»Merci. Darf ich fragen, wie alt Ihr Kühlschrank ist?«

»Ich hab die Küche vor drei Jahren neu gekauft.«

»Sehr gut. Dann wird im Fall eines Leitungswasserschadens garantiert der Neupreis erstattet.«

»Toll.«

»Ja, freilich, wir schauen schon auf unsere Kunden. Wissen Sie, wie beim KFZ ist es auch bei Kühlschränken seit April 2018 so, dass man die kaskoversichern kann. Das Wort ›Kasko‹ kommt ja vom spanischen ›casco‹, was so viel wie ›Schiffsrumpf‹ bedeutet. Und da können Sie dann den gesamten Rumpf versichern oder halt nur einen Teil davon.«

Der Versicherungsvertreter schnupperte und zog begeistert die Brauen hoch.

»Hm, hier riecht's so gut. Machen Sie schon das Mittagessen?«

»Ja, ich hab grad einen Leberkäse zum Aufbacken im Rohr.«

»Uh, da läuft mir ja glatt das Wasser im Mund zusammen.«

»Äh, möchten Sie ein Stückerl probieren?«

»Nein danke. Oder ... obwohl ... hoho, nun ja, wenn Sie mich so fragen, sag ich nicht Nein.«

Der Typ ging Hans Josef ganz schön auf die Nerven. Eigentlich hatte er geplant, sich ein paar Stunden Zeit zu nehmen, um noch ein bisschen über diese rätselhaften Todesfälle im Rotlichtmilieu nachzulesen, die ihn brennend interessierten. Und stattdessen musste er nun diesen unnatürlich daherredenden Versicherungsfuzzi ertragen. Aber Hans Josef wollte auch nicht unhöflich sein.

»Natürlich, ich teile mein Stück gerne mit Ihnen.«

»Noch mal kurz zum Thema Kasko. Sowohl bei Autos als auch bei Kühlschränken – meine Frau sagt übrigens ›Kühli‹ dazu, was ich ziemlich süß finde, weil ›Kühlschrank‹ so unpersönlich klingt, und das ist doch typisch deutsch. Nun ja, da gibt es eben mittlerweile Vollkasko, Halbkasko, Viertelkasko, aber auch Doppelvollkasko, sprich: Die Versicherung zahlt Ihnen den fälligen Betrag ein zweites Mal aus, steuerfrei, einfach so. Sie bekommen das Geld bei einem Schaden direkt auf Ihr Konto überwiesen.«

»Gehen Sie doch schon mal ins Wohnzimmer, ich richte währenddessen Ihr Essen an.«

»Gern.«

Ein paar Minuten später kam Hans Josef mit einem Tablett, auf dem eine Flasche Mineralwasser, zwei Gläser und zwei Teller mit Leberkäs samt Senf und Brezn standen, ebenfalls ins Wohnzimmer.

»Danke schön«, freute sich Herr Nickler und fing sogleich an zu schmatzen. »Hmmm, ist das gut! Ausgezeichnet. Sie sind ein toller Koch.«

»Na ja, ich hab den Leberkäse ja nicht gekocht, sondern lediglich aufgebacken.«

»Da kann man auch einiges falsch machen.«

Wie berechnend und bigott dieser Knabe doch war, fand Hans Josef. Es ging ihm ja ganz klar – neben einem kostenlosen Mittagessen – um nichts anderes als den Vertragsabschluss. Klar lebte er davon, aber der unterschwellige Druck, den er ausübte und mit Schmeicheleien ausschmückte, war schon sauber heuchlerisch. Kaum hatte Hans Josef seinen Gedanken vollendet, übergab Nickler ihm, noch immer kauend, ein bereits fertig ausgefülltes Vertragsformular.

»Das ist jetzt der Hausratvertrag, ich hab die Kasko-Versicherung für Ihren Kühli angeglichen. Schaun's noch mal drüber, er ist rückwirkend zum Monatsanfang gültig. Müssen Sie, wenn alles passt, nur da unten unterschreiben.«

Hans Josef überflog die eng bedruckten Seiten. Und auch das Kleingedruckte.

»Mhm. Mhm. Mhm. Ja, sehr gut, dann mach ich das halt, was soll's. Mhm, mhm, passt alles, dann setz ich mal mein Autogramm drunter.«

»Haha, vielleicht werden Sie ja mal berühmt, dann kann ich's bei eBay versteigern.«

»Hahaha.«

Hans Josef hasste sich selbst, wenn er so künstlich lachte. Herr Nickler sah auf seine Uhr.

»Uh, mei, täten Sie mir einen Riesengefallen?»

»Kommt drauf an, äh …«

»Also, wenn es nicht ganz unverschämt ist: Dürft ich mir auf RTL die Wiederholung der Sendung *Betrugsfälle* anschauen? Das ist für mich aus beruflichen Gründen wahnsinnig interessant, und ich hab noch keine Folge verpasst.«

»Von mir aus. Ich muss halt dann arbeiten, aber wenn es Sie nicht stört, dass Sie das alleine ...«

»Nein, nein, gar nicht, das ist wirklich sehr nett von Ihnen. Äh, noch eine ganz kleine Bitte. Könnt ich vielleicht ein bisschen was zum Knabbern haben?«

Hans Josef seufzte. Während Nickler ein paar Minuten später glotzte und knabberte, setzte der Detektiv sich an den Schreibtisch, um seine Papiere zu sortieren. Da klingelte sein Handy. Diesmal ertönte die Melodie des Lieds »Kleptomanie« der Gruppe Extrabreit, die er seit Jugendjahren inbrünstig verehrte. Es rief also jemand von einer unbekannten Nummer an – vielleicht war es ja ein schöner neuer Fall? Gut, sie steckten mitten in den Ermittlungen um die Selbstmorde, dafür war die Zahnärztin eine reine Fingerübung, jetzt mussten nur noch die Patienten wie versprochen ihre Aussage machen – und der Gaunerin war das Handwerk gelegt. Im wahrsten Sinne des Wortes.

»Die, die da so ziellos schlendern,
in braunen Kunstlederjacken und zu zwein,
den Gesichtsausdruck nie ändern,
müssen Detektive sein.
Vorsicht vor der Kamera!
Vorsicht vor der Kamera!«

Hans Josef überlegte, noch den Refrain des genialen Songs zu Ende zu hören, aber dann überwog doch seine Neugier, wer denn da mit unterdrückter Nummer anrief.

»Privatdetektiv Hans Josef Strauß?«

»Äh … ja … äh …hallo?«, sagte ein dünnes Stimmchen.

»Hallo? Hier Strauß. Wer spricht denn bitte?«

»Hallo, also … hier ist Köster. Ich bin … ähm … Sie wissen doch sicher das mit dem Suizid im Freudenhaus … also … ich bin diejenige, die den ersten Toten …«

Hans Josef konnte sein Glück nicht fassen! Er hätte sich nichts sehnlicher gewünscht, als ausgerechnet für diesen Fall engagiert zu werden! Rotlichtmilieu! Abenteuer! Dunkle Gassen! Düstere Gestalten! Huren! Bösewichte! Bandenkriege! Es ratterte nur so in seinem Kopf. Dann besann er sich wieder auf seine schüchterne Gesprächspartnerin.

»Ah, das ist interessant«, krächzte er etwas außer Atem, wobei er versuchte, nicht so aufgeregt wie ein Kind vor dem ersten Schultag zu klingen. »Natürlich habe ich davon gehört. Ich würde das gerne persönlich besprechen, das ist immer schlecht am Telefon.«

Er blickte auf den Snacks knabbernden Versicherungsmann vor seinem Fernseher. So hätte er ganz nebenbei auch einen Grund, ihn endlich loszuwerden.

»Ja, natürlich«, erwiderte die Anruferin.

»Wo können wir uns treffen?«

Eine Stunde später befand er sich bereits in einem stilvoll eingerichteten Wohnzimmer in Untermenzing. Ihm gegenüber saß eine zierliche, nervöse junge Frau mit hochgestecktem hellblondem Haar und hektischen Bewegungen, die sich zuvor als Violetta vorgestellt hatte. Sie trug ausgewaschene Jeans mit eingerissenen Stellen auf Höhe der Kniescheiben, ein lässiges T-Shirt und beige Turnschuhe. Die Einrichtung des Zimmers bestand aus einer gemütlichen, riesenhaften dunkelroten Couch, vielen Teppichen, zahlreichen Bildern an den Wänden und einem massiven Esstisch mit vier Stühlen, an dem die beiden Platz genommen hatten. Die Frau war sichtlich aufgeregt.

»Wissen Sie, gerade in unserem Gewerbe muss man sich natürlich vor allem und jedem schützen.«

»Klar«, sagte Hans Josef. »Aber mit so etwas kann ja keiner rechnen.«

»Genau«, bestätigte Violetta. »Das ist so bizarr und unheimlich, ich kann, glaub ich, erst wieder schlafen, wenn die Sache aufgeklärt wurde. Warum machen die so was?«

»Und es sind mittlerweile drei Opfer, sagen Sie?«

»Ja«, seufzte sie. »Obwohl ›Opfer‹ ja wohl das falsche Wort ist.«

»Stimmt. Andererseits sind diese Männer auch nur bedingt ›Täter‹ im engeren Sinn, da sie sich selbst töten. Doch dadurch, dass sie andere Menschen ungefragt in ihren Tod involvieren, kann man – im weiteren Sinne – wiederum ganz klar von ›Tätern‹ reden.«

»Finde ich auch.«

»Das wird ein krasses Stück Arbeit, vermute ich.«

Hans Josef kratzte sich am Kopf.

»Drei Selbstmörder. Zwei in Ihrem Pink Bunny Club und einer in dem Etablissement … äh …«

»Rotes Haus. Wir kennen die Leute dort und haben uns ausgetauscht, als in der Zeitung stand, dass dieser Irrsinn nun dort auch stattgefunden hat. Die ganze Szene steht natürlich kopf deswegen. Wir hoffen, die Sache wird sich möglichst bald aufklären.«

»Wir?«

»Ich möchte Sie gern im Namen mehrerer Kolleginnen engagieren. Also sowohl vom Pink Bunny Club als auch vom Roten Haus. Ich bin quasi die Sprecherin. Weil, wissen Sie, da steht eine Menge auf dem Spiel für uns. Wir können in dieser Situation unmöglich weiter unseren Beruf ausüben. Das ist so wie bei Bombendrohungen, denn es läuft ja immer wieder nach demselben Schema ab, und theoretisch könnte jeder Kunde der nächste Selbstmordkandidat sein.«

»Absolut richtig. Für mich als Detektiv ist das natürlich ein enorm interessanter Fall.«

»Ach ja, ich weiß ja nicht, was so was kostet, aber uns allen geht es finanziell ziemlich gut, sodass es hier, denk ich mal, keine großen Schwierigkeiten geben dürfte.«

»Alles klar. Jetzt schaue ich aber erst mal, wie umfangreich die Ermittlungen ausfallen. Ich werde auf jeden Fall auch meinen Partner Quirin Hausner mit ins Boot holen, das wollte ich noch dazusagen.«

»Klar. Mein echter Name ist übrigens Sonja Köster«, outete sich die junge Frau. »Violetta ist nur ein Künstlername. Muss aber unter uns bleiben.«

Hans Josef nickte. Eine Bemerkung, dass »Künstlername« angesichts ihres Gewerbes eine lustige Bezeichnung sei, ersparte er sich. Übrigens auch das Wortspiel »Kunst kommt von Können«.

8. Kapitel

Kurz nach dem Bekanntwerden der Prostitutionsfreitode wurde an den Stammtischen und in den Firmenkantinen Münchens lebhaft darüber debattiert. Es war inzwischen Freitag, seit dem ersten Suizid waren vier Tage vergangen.

Im Innenstadt-Stüberl Le Clou beispielsweise schlussfolgerte die Stammgästin Christa: »Also i kann mir scho vorstelln, dass des schee is, direkt nachm Orgasmus ins Jenseits abzuwandern. Oiso an scheenan Doud kamma si doch goned wünschn!«

»A geh«, entgegnete die eher pragmatisch veranlagte Barfrau Alex und lächelte ihr verschmitztestes Kaninchenlächeln. »I mecht doch ned durch a Gift sterben. Des is doch sicher qualvoll.«

»Trotzdem.«

Die Ermittler der Münchner Polizei verhörten Freier, Zuhälter, Huren, Taxifahrer, Wirte und Türsteher. Man durchforstete das Internet und durch Befragen der Angehörigen wurden mögliche Zusammenhänge zwischen den Verstorbenen recherchiert – erfolglos.

Violetta alias Sonja war mittlerweile in eine angemietete Wohnung am östlichen Stadtrand gezogen. Ihr stand der Sinn im Augenblick wirklich nicht nach Freiern. Sie war psychisch extrem belastet und beantwortete Fragen von Journalisten und der Polizei vorerst nur noch über ihren Anwalt. Das hatte ihr ein sehr netter Polizeipsychologe empfohlen. Mit ihren Kolleginnen und mit Hans Josef Strauß hielt sie allerdings regen Kontakt.

Quirin, dessen strubbelige Beethoven-Frisur einem braven Undercut gewichen war, und Hans Josef lümmelten an diesem Nachmittag im gemeinsamen Büro herum und sinnierten, was sie in der Sache unternehmen könnten, um möglichst viele Informationen zu sammeln, aber der Polizei nicht in die Quere zu kommen.

»Wir müssen eigene Wege gehen«, erklärte Hans Josef Strauß.

»Des mach mer eh. Übrigens schöne Grüße von Cut Hair Ina.«

»Danke. Warst du schon dort?«

Hans Josef tat so, als hätte er die neue Frisur seines Freundes noch nicht bemerkt.

»Schau mi halt oamoi o!«, regte sich Quirin kurz auf, wobei sein linkes Auge zu zucken begann, ein Zeichen für einen Anflug von Groll. Hans Josef trat sehr nah an Quirin heran und musterte dessen Frisur übertrieben gründlich von allen Seiten. Er fand, dass sein Partner wirkte wie ein Jugendlicher, der es mit dem Langhaarschneider übertrieben hatte. Aber irgendwie stand es ihm. Er sah frischer aus als sonst, jünger und irgendwie auch harmloser.

»Ned schlecht, Olter«, versuchte Hans Josef ungeschickt, ein Kompliment zu machen.

»›Oida‹ hoaßt des.«

»Oilter.«

»Hast scho was rausgfundn?«

»Ja, ich hab ein paar Telefonate geführt.«

»Mit wem?«

»Mit Presseleuten, den Kolleginnen von der Violetta, einem netten Polizisten, der aber nicht viel berichten konnte, und den Eltern des ersten Toten, die seit Jahren keinen Kontakt mehr zu ihm hatten.«

»Als wer oder was hast du dich denn denen vorgestellt?«

»Ich hab mich einfach als Mitarbeiter vom *Münchner Merkur* ausgegeben, das ist die konservativste Münchner Tageszeitung, da schöpft keiner Verdacht, und jeder erteilt gern Auskunft.«

»Sehr schlau.«

»Solangst mi nedder Schweinchen Schlau hoaßt.«

»Was?«

»Solange du mich nicht Schweinchen Schlau nennst.«

»Keine Sorge, wenn du nicht versuchst, Bairisch zu reden, nenn ich dich nicht Schweinchen Schlau.«

»Depp.«

Hans Josef war gerade nicht zu Späßen aufgelegt. Der Fall nahm sämtliche Hirnzellen in Anspruch.

»Es hilft nix«, sagte er und kaute auf dem weichen, ursprünglich wohl als »Touch-Pen«-Bedienungshilfe für Tablets gedachten Ende eines Kugelschreibers der Installationsfirma Cox herum. »Wir müssen halt herumrennen und graben, graben, graben. Ich hab den Eindruck, dass jeder auf einmal was gesehen haben will. Nicht, dass wir ins Leere laufen oder uns im Kreis drehen. Magst einen Kaffee?«

»Ja, danke. Ich forsch derweil mal ein bisserl im Internet rum«, schlug Quirin vor.

»Gut!«

»Und?«, wollte Hans Josef wissen, als er eine Viertelstunde später feinen Kaffee samt ein paar Keksen ins Büro brachte.

»Es gibt da diverse einschlägige Websites und entsprechende Kontaktanzeigen, die an den Kannibalen von Rothenburg erinnern«, zischte Quirin gefährlich durch die Zähne, legte das Kinn auf den Kehlkopf und drehte die Augen nach oben, damit er ein wenig kannibalenhaft aussah.

»Uh, der, der seinen Bekannten aufgegessen hat? Ein unschöner Fall.«

»Ja«, knurrte Quirin mit kehliger Stimme und machte mit beiden Händen pantomimische Klavierspielbewegungen, um die Spannung noch mehr zu steigern. Er versuchte, so heiser wie möglich zu sprechen. »Da wimmelt es nur so von sonderbaren Todeswünschen und Sterbefantasien auf Anfrage. Eine Frau hat zum Beispiel neulich Mitstreiter gesucht, die wie sie ihren Leichnam der Ausstellung ›Körperwelten‹ vermachen möchten, um ihren Angehörigen die Bestattungskosten zu ersparen. Und ein Dirigent sucht ein Orchester voller Musiker, die, wie er selbst, während des Konzerts für die Zuschauer nicht sichtbar Reizwäsche unter den Fräcken und Kleidern tragen.«

»Das ist aber kein Todeswunsch.«

»Nein. Aber burlesk ist es allemal.«

Quirin sprach nach wie vor mit kehliger Stimme, hatte das Tempo seiner Worte aber um etwa die Hälfte verlangsamt. Er war erstaunt, dass sein Freund gar nicht auf diese in seinen Augen äußerst gelungene Performance reagierte. Im Gegenteil, Hans Josef nickte nur und rieb sich die Hände wie ein kleiner Junge, weil ihm der Ausdruck »burlesk« einen unheimlichen Schauer über den Rücken jagte, obwohl eigentlich das Wort »makaber« angebracht gewesen wäre. Keiner der beiden wusste wirklich, was »burlesk« bedeutete. Jedenfalls interpretierte Quirin das Händereiben als Missachtung seiner theatralischen Darbietung.

»Ich mag schillernde und abgründige Fälle wie diesen«, frohlockte Hans Josef. »Als Kind habe ich für mein Leben gern Geschichten von Frankenstein und Werwölfen erzählt bekommen oder selbst gelesen.«

»So hat das keinen Sinn«, knurrte Quirin mit dem Gesichtsausdruck eines Werwolfs, der aber in Wirklichkeit eher drollig aussah und ein bisschen an einen Vorgartenzwerg erinnerte. »Wir steigen bei jedem Versuch, etwas herauszufinden, der Polizei auf die Füße.«

»Aber wo sollen wir sonst nachforschen, wenn nicht im Rotlichtmilieu?«, gab Hans Josef zu bedenken.

»Die Verstorbenen haben keinerlei Bezug zueinander, hast du gesagt, oder?«, resümierte Quirin.

»Stimmt. Sie kannten sich nicht, und auch sonst scheint es keine Parallelen zu geben – außer dass sie alle in den Puff gegangen sind.«

»Verzwickt, verzwickt.«

»Wir müssen das Umfeld der Toten noch genauer abklopfen«, schwadronierte Hans Josef entschlossen. »Es hilft nix. Die Polizei kann es uns nicht verbieten.«

Quirin betrachtete das DIN-A4-Blatt, auf dem er die bisherigen Ergebnisse festgehalten hatte.

»Okay. Wen gibt es da? Fangen wir mit dem ersten Opfer an, das war ein Unternehmensberater, seit sechs Jahren geschieden, kinderlos, wenig Freunde, ein reines Arbeitstier. Alle Bekannten sagten, er sei freundlich, hilfsbereit und beliebt gewesen. Der zweite Mann war Braumeister und Stammgast bei der Dame aus dem Roten Haus. Wie heißt sie? Ah ja, Natasha. Leider kommen wir an die nicht ran, weil sie zu ihren Eltern nach Ungarn gefahren ist.«

»Tja, und der dritte«, sagte Hans Josef Strauß pfiffig, »ist der interessanteste. Der ist Käsehändler gewesen und wollte ausgerechnet zu Violetta – in deren Bett sich schon der Unternehmensberater umgebracht hatte.«

»Vielleicht ist der aber auch der einzige Trittbrettfahrer, und nur die beiden anderen stecken wirklich in der Sache drin. Immerhin hat die *Bild*-Zeitung ein Foto vom Pink Bunny Club veröffentlicht und ›die junge Blondine V.‹ erwähnt. Da hätte ein Nachahmer relativ leicht eins und eins zusammenzählen können.«

»Ja, und genau die *Bild*-Zeitung könnte uns bei unserer

Arbeit behilflich sein. Schau mal, seit drei Tagen berichten sie über nichts anderes. Gründlicher kann die Polizei auch nicht recherchieren. Selbst wenn ich das Blatt wirklich nicht mag, aber hier sind sie vermutlich endlich mal nützlich.«

»Guter Punkt«, räumte Quirin anerkennend ein.

Hans Josefs Vermutung erwies sich als goldrichtig. Am übernächsten Tag brachte die *Bild am Sonntag* folgenden Artikel:

> PERVERSE NUTTEN-SUIZIDE
>
> Polizist stirbt bei Ermittlungen.
>
> München – Wann ist endlich Schluss damit? Drei Irre hatten sich, wie berichtet, bei Besuchen in Münchner Hurenhäusern selbst gekillt. Während der Befragung des Bruders von Selbstmordkandidat Barnabas P. (†50) durch die Polizei stürzte gestern ein Beamter in einen im Bau befindlichen Brückenpfeiler, der gerade mit Beton ausgegossen wurde. Für das unschuldige Opfer kam jede Hilfe zu spät. Nach *Bild*-Informationen hatte der Bruder des Selbstmörders mit dem tragischen Vorfall nichts zu tun.

»Diesen Bruder brauchen wir!«, ereiferte sich Quirin, nachdem ihm Hans Josef euphorisch den Artikel vorgelesen hatte.

»Wenn der Polizist beim Verhör in einem Brückenpfeiler mit Beton begossen wurde«, wandte Hans Josef ein,

»wird die Polizei den Kerl wohl kaum unbehelligt in der Gegend rumlaufen lassen. Wir sollten abwarten, was die Zeitung weiter rausfindet, und zwischenzeitlich in Rotlichtkreisen recherchieren.«

»Guad. So mach mer des!«

9. Kapitel

Da die einschlägigen Adressen Rotes Haus und Pink Bunny Club vorübergehend geschlossen hatten, entschieden sich die beiden Ermittler, getrennt voneinander unterschiedliche Etablissements aufzusuchen und sich als normale Kunden auszugeben. Im Vegas, einer Obenohne-Bar in der Nähe des Münchner Hauptbahnhofs, nahm Hans Josef Strauß am frühen Sonntagabend an der Theke Platz. Eine Frau um die sechzig stand hinter dem Tresen und schenkte ihm ein Pils ein. Sie war, dem Aussehen nach zu urteilen, vermutlich eine ehemalige »Aktive« und arbeitete jetzt nur noch an der Bar oder auf Abruf. Neben Hans Josef saßen ein sehr muskulöser Mann und eine leicht aufgedunsene Frau um die vierzig. Sie trug einen Minirock, schwarze Plateauschuhe und war an diversen Stellen tätowiert. Unauffällig spitzte Hans Josef die Ohren.

»Na komm, Prinzessin, ich geb dir ers ma einn aus«, schlug der kräftige Kerl seiner Dame in feinstem Hamburger Kiezdeutsch vor.

»Ja, das kahn iech schon brjauchen«, antwortete sie in edelstem Deutsch-Russisch.

»Na also. Gib ma zwei Lütte, ’n Piccolo und für mich ’ne Schale Bölkstoff.«

»Was wuist, Bertl?«, fragte die Lady am Tresen.

»Mann, verstehsse wieder kein Hochdeutsch, Engelchen. Zwei kleine Schnäpschen, eine kleine Flasche Sekt und ein Bier. Bestellung angekomm?«

»Jetz scho«, bestätigte die Bardame und hantierte mit diversen Gläsern und Flaschen herum.

»So, mein Schatz«, setzte der Muskelmann die Konversation fort. »Wie war die Arbeit?«

»Na ja, was denkst du? Immer selbe. Zimmer berjeit machen, Kuhnde ahbkassieren und bedjienen, duschen, Zimmer berjeit machen und so weiter.«

»Na ja, kriss ja auch 'ne Menge Flieder dafür.«

Die Getränke wurden serviert.

»Prouss!«

Sie tranken. Da bemerkte der Mann zwei Pralinenschachteln und einen kleinen Blumentopf samt Blümchen auf dem Tisch.

»Äh, Moment mal, was sollen denn die ganzen Pralinen hier? Gab's die im Schlussverkauf?«

»Nein, chjabe ich für dich gekauft.«

»Na ja, viel kann der Schmodder ja nich gekostet haben. Aber klar: Danke, Prinzessin, ist echt nett. Einfach so?«

»Schade. Du hast wirklich vergjessen, was hjoite für ein Tag ist?«

»Äh, Donnerstach, äh … nee, Quatsch, gestern war ja Sonnamd, also is heute dementsprechend Sonntach!«

»Ja, Sonntag! Der dreiundzwanzigste.«

»Oh, Scheiße, dann haben wir ja heute, äh, acht … oder nein, äh … neunjäh…«

»Wir sind chjoite auf den Tag geniau *zjehn* Jahre zusiammen! Zjehn Jahre! Wir chjaben Zjehnjähriges! Und du chjast es vergjessen! Das ist so enttoischend für mich, waißt du das?«

»Nee, warte, hahaha, hier, schau mal, was ich hab!«

Er griff in eine Plastiktüte, die unter seinem Barhocker lehnte, und holte einen Strauß aus zehn rosa Rosen samt Dekorationszweigen daraus hervor.

»Oij, Tulpen!«, freute sich die Dame seines Herzens.

»Genau! Samt Suppengrün! Zehn an der Zahl! Für jedes Jahr eine!«

»Du hast es niecht vergjessen!«

»Natürlich nicht, bin doch ein organisierter Mensch, ich *bitte* dich. Hähähä.«

»Danke, Schatz.«

Es folgten wilde Knutschereien. Hans Josef wunderte sich, dass man das zehnjährige Jubiläum einer Beziehung ausgerechnet in einer Tabledance-Bar beging. Anhand ihres »Arbeitsberichts« war die Russin vermutlich eine Bordsteinschwalbe, wie seine Mutter es ausgedrückt hätte. War der muskulöse Mann ihr Zuhälter? Hans Josef entschloss sich, erst mal eine gepflegte Unterhaltung mit der Bardame zu starten.

»Ab wann wird denn hier was geboten?«

»Moanst Striptease? Des geht erst um achte o.«

»Oh, das ist ja erst in über einer Stunde. Hm.«

»Wennst vorher scho a Gaudi magst, am Klo gibt's Travelpussies.«

»Travelpussies?«, fragte Hans Josef Strauß.

»Ja«, kicherte die Barfrau. »Des is a künstliche Vagina plus am Gleitmittel. Quasi a Masturbationshilfe.«

»Ach so?«

»Ja«, mischte sich der Muskelprotz ein. »'ne Gummipuppe für Arme. Aber die hält einiges aus. Die kannste rammeln wie 'nen Gartenschlauch! Kann ich nur empfehlen!«

Daraufhin fing seine Partnerin wieder an, ihn abzuschmusen und ihm etwas ins Ohr zu flüstern. Hans Josef verstand nur Wortfetzen.

»Wjeißt du, was ich ietzt gerne mit dir … bz bzz bz bzzzzz.«

»Äh«, raunte er. »Im Augenblick nich, ich kann ja nich Gedanken lesen. Äh …«

»Lech wurde ietst gerne deynen bzbzbzbz rausholen und iehn njach allen Rjegeln der Kunst so riechtieg schjön bzbzbzbzbzbzb.«

»Bzbzbzbzb?«

»Ja! Bzbzbzb! Und danjach mach ich dier njoch ein njedliches bss bss bszzzz …«

»Ach so, du möchtest Liebe machen?«, fragte er auf einmal in gewohnter Lautstärke.

»Njet! Ich niecht möchte *Liebe machen*, sondern …«, sie verfiel wieder in den Flüstermodus, »… ich möchte zuerst bzbz tief in bzbz, und danach ich drehe mich um, und du bzbzbzbzb …«

»Schönes Ding, Prinzessin. Schönes Ding. Aber hat das nich bis morgen früh Zeit? Ich bin grad mehr im Bier-Modus.«

»Hoite ist doch aber Jahrestag.«

»Stimmt auch wieder. Na denn, ab dafür. Was bin ich schuldich?«

»Du muasst doch als Chef hier nix bezahlen, Bertl. Woaßt doch.«

»Der Ordnung halber zahl ich aber. Is mir lieber. Keine krummen Nummern, man darf sich vorm Finanzamt und den Polypen nich verwundbar machen.«

»Von mir aus. Achtundzwanzig Euro«, sagte die Bardame ungerührt.

Er zahlte, und die beiden verließen das Vegas.

»Meiomei, der Herbert«, murmelte die Bedienung, wobei sie sich wieder dem westfälischen Gast zuwandte. »Ständig mit andere Weiber unterwegs, aber sei Ludmilla, die lasst eam ned los.«

»Ach so, hat er auch andere nebenbei?«

»Logo, der Chef hat ja eh sieben Damen, die für eam laffa …«

»Wie? Laffer?«

Wieder einmal stieß Hans Josef an die Grenzen seiner Bayrisch-Kenntnisse.

»Laufen. Sieben Damen, die für eam laufen. Oschaffa. Am Strich geh. Woaßt eh! Dabei is er oana von die wenigen, die noch vom alten Schlag san. Die ganzen neuen, die beschützen ja die Frauen gar nimmer. Da wird bedroht und rumgschlägert, des is teilweise nimmer schee. Aber der Herbert hat no Klasse. Des is a Lude vom Feinsten.«

»Äh, Lude ist noch mal einer, der … äh …«

»A Strizi! A Peitscherlbua!«

»Ich versteh schon ganz gut Bayrisch, aber diese Begriffe … äh … also, das sagt mir leider nichts.«

»A Vollkaufmann, hast mi? A Hennahabicht! A Haumdaucher!«

»Ja, Haubentaucher … das sagt mir was … also …«

»Auf guat Deitsch: a Zuhälter! As älteste Gewerbe der Welt. Die Frauen schaffa o, er kassiert und passt auf.«

»Mhm, ja. Klar. Haha, dass es da so viele Begriffe gibt!«

»Mei, da kannt i no hundert mehra sagen. Du bist aber scho eher so der unbedarfte Fremde, oder? Derf i raten? Verheiratet und auf Gschäftsreise, und jetzt willst dir a bisserl a Gaudi mit ins Hotel nehma, ha?«

»Ja, sozusagen. Ich kenn mich nur nicht so richtig aus.«

»Dann geb ich dir a bisserl Nachhilfeunterricht. Also, hier herin geht erstamoi gar nix. Sperrbezirk. Kennst ja des Lied ›Skandal um Rosi‹.«

»Ja, das kenn ich ausnahmsweise.«

»Oiso, wennst a Freude ham wuist, na wartst jetzt noch kurz a halbe Stund, na kimmt da Herbert wieder, na gehst mit eam mit, und er fahrt a paar scheene knackige Haserl für dich auf. Stehst eh auf Frauen, oder?«

»Ja … äh … haha … schon.«

»Ma woaß ja heitzutag nimmer. Trinkst no a Pils?«

»Ja, gern. Was kost das eigentlich hier?«

»Sechs Euro die Flasche.«

»Das geht ja.«

»Spendierst mir an Piccolo?«

»Äh ja, gern. Was kostet der?«

»Dreißig Euro.«

»Oh. Das ist aber ganz schön teuer. Na ja … Aber, nur so zur Information, der Herbert hat vorhin für zwei Obstler, ein Pils *und* einen Piccolo nur achtundzwanzig Euro bezahlt.«

»Der gehört auch sozusagen zum Inventar. Prost!«

Hans Josef entschied sich spontan, mit Herbert ins Bordell zu fahren. Eine günstigere Gelegenheit, sich unauffällig in die Szene einzuschmuggeln, würde er wohl so bald nicht mehr bekommen.

10. Kapitel

Quirin war indes am selben Abend mit dem Taxi zum FKK-Club Venus gefahren, der sich in der Nähe des Schwabinger Ungererbads befand. Obwohl er schon oft in dieser Gegend gewesen war, hatte er dieses Etablissement noch nie bemerkt. Von außen glich es einer Tennishalle, aber innen erwartete ihn eine mehrstöckige Sauna mit Ruhebereichen, Whirlpools und Wellnessanlagen, einem Stockwerk mit Vergnügungszimmern und einem Restaurant, wo man sich nach Herzenslust selbst bedienen konnte. Der Eintritt kostete fünfzig Euro, was für einen All-inclusive-Sauna-Aufenthalt ja gar nicht teuer war, wie Quirin fand. Im Preis inbegriffen war sogar das Bier! Allerdings dachten sich das wohl auch einige andere Besucher, sodass die Hälfte der Gäste nur die im Preis inbegriffenen kulinarischen Leistungen nutzte und die im Restaurantbereich befindliche Bar für weitere, kostenpflichtige Getränke links liegen ließ. Die Damen des Hauses rissen sich also geradezu um die Freier.

Quirin wurde von einer schwer solariumgeschädigten Südosteuropäerin zu seiner Kabine geführt; dort überreichte sie ihm ein großes Handtuch und einen flauschigen Bademantel samt Saunaschuhen, alles blütenweiß. Er tauschte seine Straßenkleidung gegen den Bademantel und steckte vorsichtshalber fünf Fünfzigeuroscheine in die Tasche. Er studierte zunächst die Aushängetafel an der Wand seiner Kabine:

> Wir weisen darauf hin, dass der Eintritt keine sexuellen Dienstleistungen beinhaltet. Diese sind alleine mit der Dame Ihrer Wahl, die als selbstständig tätige Unternehmerin und vollkommen unabhängig vom Venus Club arbeitet, zu vereinbaren. Jegliche Absprachen über die Art der Dienstleistungen und die Höhe der Vergütungen sowie die Art der Bezahlung finden alleine zwischen unseren Gästen und den selbstständig tätigen Damen statt. Diese Absprachen begründen kein Vertragsverhältnis und keinerlei geschäftliche Beziehungen mit dem Venus Club. Bitte beachten Sie unsere Hausordnung. Eintritt ab 18 Jahren.

Quirin ging in eine der Saunen und schwitzte erst mal eine Viertelstunde. Dann kühlte er sich unter einer Eisdusche gründlich ab, bezog Quartier auf einer der Ruheliegen vor dem großen Swimmingpool und entspannte sich. Auf einmal hörte er schnelle, platschende Schritte von nackten Füßen auf Marmor. Jemand rannte im Ruhebereich herum. Quirin öffnete die Augen und glaubte, Herrn Hartl, seinen und Hans Josefs Vermieter, zu erkennen. Die Gestalt hatte ungefähr die Größe von Hartl, einen Meter fünfundsechzig oder etwas kleiner, eine Halbglatze samt braunem Schnauzer und ging leicht nach vorne gebeugt wie der geniale Wiener Kabarettist Josef Hader. War es der Hausherr gewesen? Der Mann war so schnell vorbeigelaufen, dass Quirin sich nicht ganz sicher war. Vermutlich hatte Hartl Quirin bemerkt und sich zügig aus dem Staub gemacht, um sich nicht erklären zu müssen. »Oh, sieht man Sie auch mal im Puff? Wie nett!« Nein, das hätte nicht gepasst. Andererseits war es ja durchaus möglich, warum sollte Hartl nicht auch mal ein Bordell aufsuchen? Quirin schmunzelte bei der Vorstellung, dass Hartl sich in Schwabinger Hinterzimmern mit käuflichen Damen vergnügte.

Erneut waren Schritte zu hören. Diesmal beschuhte. Hatte Hartl sich so schnell angezogen? Nein. Ein pickliger junger Mann Anfang zwanzig kam mit einem Aktenkoffer daher. Er wirkte desorientiert. Quirin musterte ihn und überlegte, ob er wohl der nächste Selbstmordkandidat sein könnte. Der Mann öffnete eine Tür unweit von Quirins Liege. Er betrat das Zimmer dahinter, wobei er die Tür offen stehen ließ, sodass Quirin mithören konnte, was gesprochen wurde.

»Hallo, äh, sind Sie Herr Fürst?«, stotterte der Jungspund stimmbrüchig.

»Ganz recht«, antwortete die peitschende, feldwebelartige Stimme eines offenbar betagten, aber noch rüstigen Mannes. »Sie wollen sich also als Bademeister im FKK-Club Venus bewerben?«

»Ja«, sagte der Jüngere nun selbstbewusster.

»Wieso glauben Sie, dass gerade Sie für diesen Beruf geeignet sein könnten?«

»Ich besitze, glaub ich, die richtigen Fähigkeiten.«

»Was für Fähigkeiten sind das Ihrer Meinung nach?«

»Na ja, ein schnelles Auge für Gefahr und ein Gespür für Leute, würd ich mal sagen.«

»Schon mal ganz gut. Wie steht es mit den Baderegeln?«

»Baderegeln natürlich auch!«

»Wie viele Baderegeln gibt es?«

Jetzt war Quirin gespannt.

»Vielleicht zehn oder fünfzehn?«, riet der Knabe.

»Drei!«, peitschte der Alte.

»Drei?«

»Drei Regeln. Vorher duschen, nicht reinspringen und nicht mit vollem Magen.«

»Aber es gibt ja noch andere Regeln, äh …«

»Zum Beispiel?«

»Nicht seitwärts vom Sprungbrett oder dass man andere nicht untertaucht.«

»Ich bitte Sie, das sind ja Selbstverständlichkeiten.«

»Das sollte man aber wissen, finde ich.«

»Was Sie sich privat an Wissen zulegen, geht uns nichts an. Uns interessiert, dass Sie die Baderegeln kennen und strikt nach ihnen handeln!«

»Also gut. Wie war das noch mal? Vorher duschen, nicht reinspringen und nichts essen vorher.«

»Nicht mit vollem Magen!«

»Ja, genau.«

»Sagen Sie es!«

»Nicht mit vollem Magen.«

»Exakt.«

»Aber wie kann ich überprüfen, ob jemand mit vollem Magen ins Wasser geht?«

»Das ist Ihre Verantwortung. Wir mischen uns in die Art und Weise Ihrer Tätigkeit nicht ein. Wollen Sie die Tätigkeit annehmen?«

»Im Prinzip schon …«

»Ja oder nein?«

»Ja.«

»Gut, dann ziehen Sie sich bitte mal nackicht aus!«

Quirin richtete sich überrascht auf seiner Liege auf.

»Wie bitte?«, fragte der Jüngling nicht minder überrascht.

»Ausziehen. Spreche ich Japanisch?«

»Ja, hab ich verstanden. Aber wozu soll ich mich denn ausziehen?«

»Ich muss Sie ansehen. Textilfrei. Das ist eine reine Schutzmaßnahme.«

»Nun, gut, also …«

»Geht das bitte etwas schneller?«

Es raschelte kurz, während der junge Mann seine Kleider ablegte und Quirin überlegte, wie es wohl im Barbereich sein würde. Er hatte Bierdurst. Aber noch konnte er sich von der Szene, der er gerade unfreiwillig beiwohnte, nicht losreißen. Es war wie ein Hörspiel – und Quirin wollte auf keinen Fall das Finale verpassen. Der Anwärter war offenbar fertig mit Ausziehen.

»So, ja, also jetzt«, sagte der junge Mann fast erleichtert.

»Den Schlübber auch!«, kreischte der böse Alte.

Es raschelte wieder kurz. Die Luft war zum Zerreißen gespannt.

»Na ja.« Die Stimme des alten Kauzes klang enttäuscht.

»Naa ja. Zeigen Sie mal Ihre Zähne! … Es sind nicht mehr alle Zähne da. Bitte erklären Sie mir diesen Umstand.«

»Tja, ich hatte mal ein Parodontoseproblem an den Backenzähnen und …«

»Schön ist das nicht. Wir wollen noch mal drüber hinwegsehen. Ziehen Sie sich wieder an, und dann husch, husch auf den Aussichtsturm.«

»Aussichtsturm?«

»So nennen wir scherzhaft den Hocker, von dem aus Sie die Badegäste bewachen.«

»Also soll ich gleich anfangen?«

»Selbstverständlich!«

»Wir haben doch noch gar nicht über Gehalt und Vertrag gesprochen.«

»Wenn das schon so anfängt, können wir es auch gleich bleiben lassen.«

»Na ja, aber ich möchte doch auch was verdienen.«

»Verdienen, verdienen. Ich dachte, Sie suchen eine Arbeit?«

»Ja, aber dafür bekommt man doch normalerweise …«

»Papperlapapp!«

»Ja, also, dann geh ich mal auf den Ausguckturm.«

»Aus*sichts*turm, Sie Schwachkopf!«

»Genau, äh …«

»Sagen Sie's!«

»Aus*sichts*turm.«

»Na also! Dann ab mit Ihnen!«

Kopfschüttelnd stand Quirin auf. So ein Vorstellungsgespräch gibt es aber auch nicht alle Tage, dachte er sich.

Da will der Jüngling im Puff arbeiten und begibt sich in eine Art moderne Sklaverei. Na, Prost Mahlzeit! Darauf erst mal ein schönes Bier.

Leider war das selbst zu zapfende Bier nicht besonders kalt, und der Schaum war miserabel. Quirin verzog angeekelt den Mund und schielte zur Bar hinüber.

Hinter der ausladenden Theke hantierte eine Barkeeperin in schwarzem Blazer und mit weißer Schürze. An der Wand standen die Preise für die Cocktails, die ja nicht im Eintrittspreis enthalten waren. Rings um die Bar saßen haufenweise splitternackte Frauen eher jüngeren Semesters. Fast alle waren schwarzhaarig, auch die Barfrau. Quirin nahm all seinen Mut zusammen und setzte sich mit seinem Bier ebenfalls an den Tresen.

»Darf man das Bier mit an die Bar nehmen?«, fragte er.

»Kein Problem«, sagte die Barkeeperin.

Er saß noch keine zehn Sekunden, da kam schon eine der Frauen zu ihm herüber und drückte ihm ihre voluminösen Brüste an den Körper. Sie sah ein wenig aus wie Elizabeth Taylor in *Cleopatra*.

»Naa, scheene Kerl. Willst du bissel Spaß haben?«

»Vielleicht später.«

»Komm, wir gehen rauf, und ich mach dich glücklich.«

»Nein danke, im Augenblick ned.«

»Mache alles, Schatzi, komm, gehst du mit. Ich bau dich auf!«

Quirin war als Zwanzigjähriger mal in der Hansastraße bei einer Hure gewesen. Dieses Erlebnis hatte ihn vollkommen traumatisiert. Die Frau hatte sich damals einfach hingelegt und abgewartet, bis es vorbei war. Glücklicherweise hatte er zuvor schon mit ein paar Mädchen »normalen« Sex gehabt und wusste, dass es nicht immer so emotionslos ablief. Diese Frau hier neben ihm schien anders als die in der Hansastraße. Sie war trotz ihres jungen Alters irgendwie mütterlich und streichelte ihn zärtlich. Es erregte ihn schon ein bisschen, aber dann besann er sich. Zum einen war er der einzige Mann in diesem Raum, und zum anderen sagte das Busenwunder all die Sprüche vermutlich mehrmals täglich auswendig und völlig beliebig irgendwelchen Herren ins Ohr. Und mal ganz davon abgesehen war er ja zum Arbeiten hier. Darum sagte er noch ein letztes entschiedenes Mal: »Nein.«

»Komm schon, Schatz. Ich besorg dir nach Strich und Faden. Du kleine süße Maus, du.«

»Bitte, ich möchte jetzt echt mein Bier trinken.«

»Ich lecke dich an ganze Körper mit meine Zunge. Überall. Wo du möchtest.«

»Puh. Na ja. Also. Äh, was würde das denn kosten?«

»Fünfundsiebzig Euro.«

Zwanzig Minuten später saß Quirin wieder an der Bar. Es hatte wirklich Spaß gemacht, und er fühlte sich erfrischt und verjüngt von der kleinen Kur, die ihm die aus Rumänien stammende Stella gerade verpasst hatte. Im Anschluss brachte sie ihn zurück und verschwand auf der Suche nach dem nächsten Freier. Quirin zapfte sich noch mal ein minderwertiges Bier.

In der Zwischenzeit hatten sich zwei merkwürdige Herren an der Bar niedergelassen, ein sehr dicker mit Brille um die dreißig und ein drahtiger, eher sportlicher Mann um die sechzig. Auch er hatte ein Bier vor sich. Der Dicke trank nichts. Quirin wollte erst mal von keiner weiteren Frau angesprochen werden, also bewegte er sich auf den Drahtigen zu.

»Ist da noch frei?«

»Ja. Nehmen Sie Platz«, hauchte der Mann mit weinerlicher Stimme, die so gar nicht zu seiner flotten Figur passte, ohne von seinem Bier aufzublicken.

»Geht es Ihnen nicht gut?«, fragte Quirin mitfühlend.

»Nein, es geht mir miserabel«, jammerte der Mann.

»Warum denn?«

Er blickte auf und musterte den »Neuen«. Scheinbar wirkte dieser vertrauenerweckend auf ihn.

»Meine Frau hat vorige Woche Schluss gemacht«, schluchzte er.

»O nein. Einfach so?«

»Ja, einfach so. Aus heiterem Himmel!«

»Das ist aber nicht schön. Wie lange waren Sie denn verheiratet?«

»Seit neunundzwanzig Jahren.«

»Und warum? Hat sie einen anderen?«

»Um Gottes willen, hoffentlich nicht!«

»Ja und, wie geht das weiter jetzt? Wird sie ausziehen von daheim?«

»Das würde grade noch fehlen.«

»Ach so?« Seltsame Menschen in so einem FKK-Club,

dachte sich Quirin. Sein Bier war leer, und die Bardame tat ihm leid. Sie sollte auch Geld verdienen. »Einen Cuba Libre bitte.«

»Gern, Darling.«

Der drahtige Mann beobachtete die Bestellung seines Gesprächspartners und wartete geduldig, bis die Frau den Longdrink gemixt, hingestellt und stolze zwanzig Euro dafür kassiert hatte.

»Das wäre in meinen Augen auch ’n bisschen übertrieben, wenn man gleich räumlich auseinandergehen würde«, erklärte er dann.

»Mhm. Die Welt spielt halt manchmal verrückt.« Quirin wusste nicht so recht, was er sonst noch dazu sagen sollte.

»Absolut«, meinte der Mann und hielt Quirin sein Bierglas zum Anstoßen hin, dessen Prost-Reflex auch bei Longdrinks tadellos funktionierte.

»Denken Sie nur mal an diese Irren, die sich beim Bordellbesuch mit Zyankali umbringen!«, schob Quirin hinterher und war stolz auf den inhaltlichen Schlenker, der ihm gelungen war.

»Das sind doch Bekloppte!«

»Find ich auch.«

Die folgende Gesprächspause kam dem Detektiv extrem lang vor. Er spürte, dass der andere weiter über seine Frau sprechen wollte. Er tat ihm den Gefallen.

»Aber sie hat definitiv Schluss gemacht?«

»Ja, völlig unverhofft.«

»Und aus welchem Grund?«

»Ich weiß es nicht.«

»Lassen Sie sich scheiden?«

»Da müssten schon schlimmere Sachen geschehen. Und ich lass die Traudl – das ist meine Frau – schon spüren, dass so was einfach nicht geht.«

»Ob sie das beeindruckt?«

»Bestimmt! Und ich hab vorhin zu ihr gesagt, dass das ’ne harte Revanche gibt!«

Nun war Quirin wirklich verwirrt.

»Revanche? Ähm, ich dachte eigentlich, man kann doch bloß einmal Schluss machen?«

»Pro Runde.«

»Wie?«

»Jeder Spieler hat pro Runde einmal die Chance.«

»Jeder Spieler?«

»Na, das sind die Regeln beim Canasta. Wenn alle Karten aufgehen und man ein Canasta hat, ob rein oder unrein, dann kann man Schluss machen. Und das hat'se gemacht.«

»Wie? Sie hat bei einem Kartenspiel Schluss gemacht?«

»Ja! Und hundert Extrapunkte kassiert! Dabei hab ich so ’n gutes Blatt auf der Hand gehabt, und außerdem hätt ich sooo gern den Stoß bekommen.«

»Na, sexy Mann? Kleine Body-to-Body-Massage?«, fragte eine schwarzhaarige Gazelle, die sich ihnen lautlos genähert hatte.

11. Kapitel

Zwei Stunden nachdem er die Tabledance-Bar betreten hatte, fuhr Hans Josef mit dem »Luden« Herbert im Taxi nach Obersendling, und zwar wie es sich für feine Herren gehörte im Fond des Wagens. Herbert holte einen Flachmann heraus, auf dem das Porträt König Ludwigs des Zweiten abgebildet war.

»Noch ’n Verdünner vorm Hauptgang?«

»Was?«

»Na ja, noch ’n kleines Schnäpschen zum Essen?«

»Gut, einer kann nicht schaden«, entschied Hans Josef und nahm einen kräftigen Schluck. Es schmeckte sehr gut, nicht zu scharf und sehr fruchtig. Hans Josef vermutete, dass es Marillenschnaps war.

»Immer rinn in Hals mit der Bolschewikenbrühe. Astrein, nich wahr?«

»Haha, ja.«

»So, ich will hier aber nich lang rumblenden. Wie viel Budget haste denn für heute Nacht eingeplant?«

»Hm, vielleicht so zweihundert?«

»Zweihunderttausend! Ja, da bekomm’se einiges geboten, mein Lieber.«

»Haha, nein, also ohne Quatsch, ich wollte vielleicht zweihundert Euro anlegen.«

»Da kann der Fahrer gleich mal da vorn an der Imbissbude anhalten, da kannste dein Geld gut beim Frikadellenluis loswerden, da krisse auch was Vernünftiges. Haha, nein, also, ich will hier auch nich den Detailheini geben, aber da mussu schon noch 'n Ticken drauflegen.«

»Und in welcher Größenordnung?«

»Na ja, wie viel Fett haste denn mit?«

»Fett?«

»Asche, Fett, Flatz, Flieder! Hier!«

Herbert zog einen Packen Fünfzigeuroscheine aus der Tasche, um den eine Banderole gewickelt war.

»Hier, schau mal, mein Abreißkalender! Wills ma abbeißen?«

Hans Josef überlegte, wie er sich als Zuhälter fühlen würde, wenn sich Kunden laufend und völlig unvorhersehbar umbringen würden. Wäre er an Herberts Stelle, käme ihm wohl jeder Freier grundsätzlich verdächtig vor. Doch Herbert schien die Selbstmordwelle keineswegs zu beschäftigen. Er war wohl mehr Geschäfts- als Gemütsmann.

»Gut, dann würd ich sagen, ich investier mal vierhundert«, schlug Hans Josef vor.

»Da komm wer der Sache schon näher. Weißte, da trabt manchmal so 'n Seiltänzer an und macht ein auf dicke Hose. Sach ich: Mach ma halblang, du Barackenelvis, zeich ma, was du auf Pfanne hast, bevor du jetzt hier den Lauten machst. Nee, vierhundert Mücken als Spielgeld ist schon mal ganz in Ordnung. Jetz guckst du dir ers ma die Ladys an, und wir könn das dann gemeinsam bei 'nem Gläschen ausdaddeln. Hast Böcke drauf?«

»Klar!«

»Besser is das! Hier, noch 'n Lüttn?«

»Ja.«

»Der Schnaps und das Taxi gehen auf mein Gemüt. Hier könn'se gleich anhalten«, sagte Herbert, während der Wagen vor einem schwach beleuchteten Firmengelände hielt. Auf einem flackernden Neonschild stand »Haus 26«.

Die beiden Männer stiegen aus, Herbert holte einen Schlüssel hervor und sperrte die Tür auf. Es roch nach Werkstatt und Räucherstäbchen. Sie stiegen allerlei steile Treppen hinauf, gingen dann einen Gang entlang, bis sie zu einer pink gestrichenen Tür kamen, auf der ein Schild mit der Aufschrift »Sex Point« befestigt war. Herbert drückte auf einen weißen, quadratischen Klingelknopf. Nach etwa einer halben Minute öffnete eine zierliche Asiatin. Sie freute sich offenbar, Herbert zu sehen, und begrüßte ihn mit einem dezenten Küsschen auf die Wange.

»Wie viele Ladys sind da?«, fragte Herbert.

»Sieben.«

»Und? Welche davon gerade im Einsatz?«

»Ja, aber fünf im Moment frei.«

»Dann lass sie mal antanzen, Fräulein!«

Die Asiatin verschwand.

»Bierchen?«, fragte Herbert.

»Ein kleines, gern.«

Herbert empfahl sich ebenfalls, und Hans Josef konnte sich in aller Ruhe in dem Raum umsehen. Die Wände waren gelb gestrichen und von oben beleuchtet. Überall hingen geschmacklose Leuchtbilder von nackten Frauen, es lief leise Dudelmusik, die an die Dauerberieselung in mancher billigen Fernsehserie erinnerte. An einer Wand standen mehrere Stühle, und auf einem der Stühle lag ein hellblauer Schal. Herbert kam mit zwei Flaschen König Pilsener zurück.

»Hier, wir haben im Moment nur Köpi, aber gekühlt geht's schon.«

»Ist in Ordnung. Danke. Prost.«

»Prouss!«

Sie tranken. Am Ende des Gangs, der von dem Raum abging, erkannte Hans Josef mehrere Schatten, und nach und nach erschienen fünf junge Frauen, die nichts als dünne Bademäntel trugen. Sie stellten sich nacheinander vor.

»Lexie aus Budapest.«

»Teresa aus Prag.«

»Lan aus Thailand.«

»Melanie aus Wien.«

»Swetlana aus Bratislava.«

»So, such dir eine aus!«, schlug Herbert dann mit der einladenden Handbewegung eines Händlers vor, der seine Waren feilbietet.

»Dann wähle ich Teresa.«

Hans Josef folgte der schlanken Tschechin mit den pechschwarzen Haaren in einen hotelzimmerähnlich eingerichteten Raum. Er war in der Tat etwas nervös, da er zeitlebens noch nie bei einer Prostituierten gewesen war und ein bisschen Angst vor dem hatte, was ihn erwartete. Teresa bemerkte es sofort.

»Aufgeregt, Schatz?«, fragte sie mit leicht kratziger Stimme, die er sehr sexy fand.

»Ja.«

»Komm. Wir machen es schön.«

Sie öffnete ihren Bademantel und ließ ihn auf den Boden fallen. Dann zog sie Hans Josef geschickt aus, drückte ihm ein Duschgel in die Hand und begleitete ihn ins angrenzende Bad. Duschen durfte er allein, aber danach trocknete sie ihn ab und begleitete ihn zum Bett.

»Äh, ach so, gleich aufs Bett?«

Er stellte sich so ungeschickt an wie ein Schüler, der seine Klassenkameradin nach dem Sommerfest zum ersten Mal nach Hause begleitet hatte. Das konnte doch nicht so schwer sein. Im Grunde war es ja nichts anderes als bei One-Night-Stands oder Sex mit einer festen Partnerin, nur dass man hierfür bezahlte und dadurch eigentlich alles noch einfacher und unkomplizierter sein müsste. Er stellte sich vor, er sei Indiana Jones und Teresa eine junge Forscherin, die ihn schon seit Ewigkeiten begehrte. Dieses Bild funktionierte. Er zog den rechten Mundwinkel leicht schief nach oben und kam sich auf einmal bärenstark, schweinslässig und unverwundbar vor. Langsam bewegte er seine Lippen auf die ihren zu, legte zärtlich seine Hand an ihren Hals, öffnete den Mund und …

»Servis nix mit Kuss«, sagte Teresa auf einmal. Dann klärte sie ihn darüber auf, was sie alles *nicht* machte.

»Kein Anfassen im Intimbereich, Verkehr nur normal, alles mit Gummi und Französisch nur gegen Aufpreis.«

Diese Ansage nahm der Situation jegliche Erotik.

»Also dann will ich lieber nicht«, sagte Hans Josef.

»Andere Mädchen dazu?«, fragte Teresa.

»Nein danke.«

»Kein Problem«, erwiderte Teresa ungerührt, schlüpfte wieder in ihren Bademantel und verließ das Zimmer.

Hans Josef zog sich an und ging zurück in den Wartebereich mit den Stühlen. Auf dem Stuhl, auf dem zuvor der blaue Schal gelegen hatte, saß jetzt ein älterer Mann, sicher weit über siebzig. Er hatte sich den Schal um die Schultern geworfen. Herbert war nicht zu sehen. Hans Josef hatte sich überlegt, ihm trotz des geplatzten Deals den regulären Preis zu bezahlen, um ihn nicht zu verärgern und ihn als Kontaktperson zu behalten. Er würde das Geld ja nach der Aufklärung des Falls bestimmt von Violetta alias Sonja erstattet bekommen, da machte er sich keine Sorgen. Der ältere Herr eröffnete sofort das Gespräch.

»Scheiß Puff hier, oder?«

»Na ja, wie man's nimmt.«

»Ich bin mit meinem Enkel da, der ist fünfundzwanzig. Ich hab ihm den Besuch spendiert. Aber die stellen sich ja ganz schön an hier. Ich bin schon fertig. Welche hatten sie?«

»Teresa.«

»Ach ja, Teresa. Na ja, die geht schon. Man muss halt für alle Extras bezahlen. Aber so ist die Welt. Hallo!« Er rief in den leeren Gang hinein. »Ich hätte gern ein Glas Sekt! Service-Wüste Deutschland, wirklich wahr.«

»Da wird schon wer kommen.«

»Mal sehen. Ja, wo waren wir stehen geblieben? Ach ja,

mein Enkelsohn. Der Christian. Mit dem muss ich nachher auch noch ein Hühnchen rupfen.«

»Warum denn das?«

Das Gespräch begann Hans Josef Spaß zu machen. Er überlegte, ob er das Thema auf die Suizide lenken sollte, da die ja ohnehin in aller Munde waren und sein Gegenüber ein bewanderter Bordellgänger zu sein schien, entschied sich dann aber, lieber abzuwarten.

»Na ja, er ist jetzt nicht unbedingt der erfahrenste Bordellgänger, mein Enkel. Im Gegensatz zu mir.«

»Sie sind Profi?«

»Klaro! Puff ist spitze. Keine Fragen. Alles geklärt. Es geht um Dampf ablassen, um Spaß haben, um Körperlichkeit. Da gibt es keine Missverständnisse. Ich halte nach drei Scheidungen sowieso nichts mehr von der Ehe. Wozu brauch ich 'ne ganze Kuh, wenn ich bloß ein Glas Milch will? Hahaha. Aber Scherz beiseite. Mein Enkel hat die einfachsten und elementarsten Dinge eines Freudenhauses nicht begriffen. Da fehlen ihm offenbar ein paar Hirnzellen. Ihm sind die Grundregeln fremd, verstehen Sie?«

»Wie meinen Sie das?«

»Nun ja, es dürfte uns beiden ja wohl klar sein, dass die Menschen heutzutage wesentlich reinlicher sind als, sagen wir mal, vor zweihundert Jahren.«

»Natürlich, da geb ich Ihnen völlig recht.«

»Sehen Sie. Selbst die letzten fünfzig Jahre hat sich einiges getan. Früher, als ich klein war, gab es einen Badetag, da mussten alle Familienmitglieder in die Badewanne. Mit dem gleichen Wasser. Ich war einer der Jüngsten, dadurch musste ich immer in die Brühe der anderen steigen. Also, eine Freude war das nicht!«

»Igitt, das ist ja ekelhaft«, sagte Hans Josef und schüttelte sich. »Und dann hat man sich nur einmal in der Woche gewaschen?«

»Na ja, an den normalen Werktagen gab's halt so 'ne Art Katzenwäsche. Aber auch später, in den Siebzigerjahren. Da haben alle miteinander *einen* Deo-Stick benutzt. Sie kennen ja noch die Werbung: mein Bac, dein Bac – Bac ist für uns alle da!«

»Ich erinnere mich. Aber das war doch damals kein Deo-Stift, sondern Deo-Spray, oder?« Allmählich fragte Hans Josef sich, was das alles mit dem Enkel des Mannes und dessen Bordellbesuch zu tun hatte.

»Wie auch immer«, sagte der Alte und kratzte sich am Kopf. »Aber man bedenke doch mal die ganzen Keime! Heute kann sich ja jeder im Drogeriemarkt Desinfektionsmittel kaufen. Das war doch früher nicht so! Und unsere Zahnbürsten, das waren ja reine Bakterienschleudern! Die hat man auch nur alle paar Jahre mal ausgewechselt. Heute gibt es ja die tollen elektrischen.«

Hans Josef war wieder einmal erstaunt, was für banale Dinge für manche Menschen interessant waren. Doch er spielte das Spiel mit und versuchte, so trivial wie möglich mitzuplaudern. Vielleicht würde er ja zufällig irgendetwas herausfinden.

»Ich verwende schon einige Zeit eine mit Ultraschall.«

»Ultraschall? Kann man damit durch die Zähne hindurchsehen?«

Hans Josef fand die Vorstellung so abstrus wie amüsant.

»Nein«, stammelte er, »das ist … äh, also, das wird halt mit Ultraschall angetrieben.«

»Ach so. Ich hab mal eine Frage an Sie: Was tut man, wenn man frischen Atem will?«

»Zähne putzen? Zunge bürsten?«

»Nein, also zusätzlich?«

»Doublemint?«

»Geht auch. Ich meine das Mundwasser. Was für ein Mundwasser?«

»Äh, ich glaub, das heißt Dontodent oder …«

»Nun ja, das bekannteste heißt, denk ich mal, Odol, nicht wahr?«

»Stimmt!«

Hans Josef erinnerte sich an seine Kindheit. Bei der Oma hatte immer ein Fläschlein Odol auf der kleinen Ablage unter dem Badezimmerspiegel gestanden. Er glaubte sofort, das Aroma dieses Mundwassers zu schmecken.

»Odol«, fuhr der Mann fort, »war allerdings total unpraktisch, weil da nur mit viel Mühe ein einziger Tropfen rausgekommen ist, maximal zwei! Aber niemals so viel, wie man wollte. Völlig sinnloses Produkt. Da haben wir's heute besser. Zum Beispiel mit Listerine.«

»Stimmt! Das hab ich im Augenblick auch zu Hause.«

»Darf ich mal fragen, welche Sorte Sie da nehmen?«

»Äh, also, es ist so eine grüne Flasche.«

»Haha, wie mein Enkel! Genau das war nämlich der Ursprung meiner Auseinandersetzung mit ihm!«

Endlich kam der Mann zum Punkt.

»Wie das?«, fragte Hans Josef erleichtert.

»Nun, weil ich ihn gefragt habe, wieso er auf ganze *vier* Sicherheitsstufen verzichtet. Nur um zwei Euro zu sparen? Wo kommen wir denn da hin?«

»Ich kann Ihnen nicht mehr so richtig folgen«, sagte Hans Josef und schüttelte entschuldigend den Kopf.

»Also, die lilafarbene Total-Care-Mundspülung von Listerine ist antibakteriell, reduziert Zahnbelag, stärkt das Zahnfleisch, schützt vor Karies, hemmt die Neubildung von Zahnstein *und* unterstützt dich gegen empfindliche Zähne. Für lächerliche 1,89 Euro mehr hat man die *komplette Sicherheit*. Und es ist wesentlich höflicher gegenüber den Damen, wenn man gut aus dem Mund riecht. Ob jetzt Küssen zum Service gehört oder nicht.«

»Stimmt«, bestätigte Hans Josef Strauß zerstreut und reckte seinen Kopf nach vorne, da er durch ein sonderbares Geräusch abgelenkt worden war.

Aus dem hinteren Bereich, wo die Liebeszimmer lagen, ertönte auf einmal lautes Geschrei.

»Katastrofa!«, rief eine Frauenstimme. »Komplett katastrofa!«

Der Alte schien es nicht zu bemerken und dozierte ungerührt weiter.

Doch da kam ein untersetzter Bursche mit schwarz gefärbten Haaren, schwarzen Jeans und einer Heavy-Metal-Weste, die über und über mit Buttons und Patches bestickt war, den Gang entlanggetrottet. Er bewegte sich auffallend plump. Hinter ihm lief eine dralle Blondine im quietschorangen Bademantel her. Sie schimpfte auf den jungen

Mann ein. Als die beiden den Raum mit den Stühlen erreichten, bemerkte Hans Josef, dass die Augen des Burschen stark mit Kajal geschminkt waren. Außerdem trug er im ganzen Gesicht Piercings. Auch in den Augenbrauen.

»Was ist denn passiert?«, unterbrach der Alte seinen Monolog zum Thema Zahnpflege.

»Junge make normal Doggy mit mir. Auf einmal er fange an zu spucke.«

Die Frau spuckte auf den Boden rings um sich herum, sodass Hans Josef in Deckung gehen musste, um nichts abzukriegen.

»Spucke herum, diese Schwein. Diese Mann ist krank!«

Der Großvater sah seinen Enkel streng an.

»Hast du die Dame angespuckt?«

»Ja«, sagte der junge Mann mit auffallend tiefer Stimme. »Ich dachte, sie findet des gut.«

»Das ist ja wirklich schrecklich, nicht mal in den Puff kann man dich ausführen, du Suppenkasper! Schämen solltest du dich!« Der Alte holte einen Fünfhunderteuroschein aus der Tasche und pfefferte ihn auf den Boden. »Hier! Los, lass uns gehen! Das gibt noch ein Donnerwetter, du Wanze!«

Er packte den Enkelsohn und zog ihn hinaus. Aus dem Treppenhaus hörte man noch mehrere Minuten lang lautes Gezeter, während ein strahlend lächelnder Herbert mit Lexie und Melanie den Gang entlangkam und den Wartebereich betrat. Er war vermutlich der Einzige, der heute auf seine Kosten gekommen war.

»Na, alles gut abgelaufen?«, fragte er Hans Josef.

»War schon okay.«

»Haste irgendwelche Extras beansprucht?«

»Nein.«

»Gut. War ja heut dein erstes Mal bei uns. Gibst mir zweihundertfünfzig.«

»Alles klar, danke.«

»Immer gern. Nimm dir ’ne Karte mit, da steht meine Nummer drauf. Kannst immer anrufen. Soll ich dir ’ne Asphaltnutte ordern?«

»Was?«

»Ein Taxi?«

»O ja. Gern.«

12. Kapitel

Quirin befand sich in einer heiteren Runde. Der Drahtige war gegangen, die »Body-to-Body«-Massage hatte ihm sehr gutgetan, und der Dicke stellte sich als unterhaltsamer Plauderer heraus.

»Kommt einer ins Freudenhaus und fragt die Puffmutti: ›Machen Ihre Damen auch RGB?‹ Sagt die Puffmutti: ›Bitte verraten Sie mir, was das bedeutet. Ich kenne diese Abkürzung nicht.‹ Sagt der Mann: ›Das heißt *Rückengerechtes Bumsen.*‹«

Gelächter an der Bar. Inzwischen hatte sich wohl herumgesprochen, dass Quirin leicht zu überreden war, deshalb scharten sich nun mehrere Frauen um ihn, streichelten seine Brust und machten ihm zwischen zwei Witzen des Dicken delikate Angebote.

»Mit zwei Ladys in Whirlpool, bissel Spaß zusammen haben?«

»Nein, heute nicht mehr. Ich hatte schon zwei Mal.«

»Egal, starke Mann! Na los, gehma kurz Whirlpool!«

Diesmal blieb er standhaft.

»Keine Chance.«

Der Dicke rettete Quirin aus der Zwickmühle, indem er ihn munter in ein Gespräch verwickelte.

»Ich komm ja eigentlich aus der Logistik, also Lagerung

von Artikeln, Regalbestückung, Gabelstaplerplanung und so weiter«, erzählte er, »hab aber in letzter Zeit auf Nummer sicher gesetzt und arbeite jetzt fast ausschließlich als Fernfahrer.«

Quirin war Small Talk gewohnt und ging mühelos und – angesichts der hartnäckigen Damen um ihn herum – dankbar darauf ein.

»Ah ja, nun, da gehen Ihnen die Aufträge vermutlich nicht aus, oder?«

»Ganz genau. Transport geht immer, da braucht man sich keine Sorgen zu machen. Das einzige Unangenehme sind die diversen Fahrverbote, beispielsweise an Sonn- und Feiertagen. Na ja, da fahr ich dann eben raus zum Flughafen Franz Josef Strauß auf den Besucherhügel.«

»Besucherhügel?«

»Ja, das ist eine tolle kostenlose Einrichtung, da kann man den *gesamten* Ablauf auf dem Rollfeld beobachten.«

»Aha, und was gibt's da so zu sehen?«

»Na ja, da gibt es zum Beispiel den Tower, zu Deutsch Turm, da werden die ganzen Abflüge und Landungen koordiniert. Wir sind mittlerweile eine kleine Gruppe von Flughafen-Fans, treffen uns immer sonntags ab zwölf Uhr mittags, der eine bringt 'ne Kiste Bier mit, der andere Würstchen und so weiter und so fort.«

»Aha. Prima!«

Quirin tat so, als würde er die drei Damen, die sich gerade unauffällig um ihn scharten, nicht bemerken.

»Neulich steh ich da, schau nur beiläufig rüber zu den Fliegern«, sagte der Mann mit dem großen Bauch, »da bemerke ich: Hoppla, es tut sich was. Ein Flugzeug, relativ unauffällig, blitzblank geputzt im Sonnenlicht, da setzt der sich plötzlich in Bewegung. Ich konnte meinen Blick nicht abwenden, das war enorm spannend. Rollt der *direkt* auf die Startbahn, dann gibt der Gummi, und fffft – weg isser! Das ist unglaublich, was da passiert!«

Quirin geriet selten an die Grenzen seiner Eloquenz, doch in diesem Moment bemerkte er, dass auch er nicht allen Small-Talk-Herausforderungen gewachsen war, denn angesichts dieser völlig sinnlosen Erzählung seines Gegenübers brachte er nicht mehr heraus als: »Oh, nun ja … äh …«

»Wissen Sie, gerade als Fernfahrer weiß man, was es heißt, ein großes Verkehrsmittel zu lenken.«

»Das kann ich mir vorstellen, das ist nicht ohne. Ach, könnt ich noch an Cuba Libre haben?«

»Spendierst du mir auch ein Cuba Libre?«

»Mir auch!«

»Mir auch!«

»Mir auch!«, meldeten sich die drei Damen um ihn herum beinahe zeitgleich zu Wort. Es klang wie ein Lied, das sie eingeübt hatten, um es im Chor vorzutragen.

»Haha, nein, dafür reicht mein Geld nicht mehr. Ich hab schon zu viel bei den Kolleginnen ausgegeben.«

»Wir haben auch EC-Automat.«

»Na gut, dann noch drei Cubas für die Damen«, gab Quirin gönnerhaft bekannt und hoffte, einer der Ladys eventuell irgendetwas Brauchbares entlocken zu können, schließlich war er ja nicht zum Vergnügen hier.

»Du bist sehr gute Mann«, sagte eine sehr klein geratene Brünette mit Nasenpiercing und hauchte Quirin einen Luftkuss zu. »Vielleicht kurz Nackenmassage auf Zimmer?«

»Äh, nein, im Augenblick nicht«, lächelte Quirin, der überlegte, ob er auf irgendeine Art das Gespräch auf seinen Fall lenken könnte, aber es fiel ihm ums Verrecken kein Kniff ein, wie er hier einen unauffälligen Einstieg hinbekommen könnte.

»Das sind Teufelskerle, diese Piloten«, fuhr der Dicke indes ungerührt fort. »Aber gut, auch beim Lkw-Fahren heißt es: Konzentration, Mut und absolute Disziplin. Und ähnlich wie bei den Flugkapitänen haben wir natürlich genauso unsere kleinen Belohnungen, also in sexueller Hinsicht, da sind wir Fernfahrer ziemlich verwöhnt.«

»Inwiefern?«

»Ich sag nur *Rastplatzsex.*«

Quirin war erleichtert, dass das Gespräch nun wieder eine unterhaltsamere Wendung zu nehmen schien.

»Rastplatzsex?«

»Ja, genau, Sex auf Parkplätzen. Man hält an, trinkt 'n Kaffee oder 'ne Fanta, und dann wird unkompliziert Sex gemacht. Das hat sich mittlerweile rumgesprochen, da gibt es ein tolles Angebot.«

Jetzt hatte Quirin auch Lust auf einen kleinen Witz.

»Und da schlafen dann Fernfahrer mit anderen Fernfahrern, oder wie darf ich mir das vorstellen?«

»Sind Sie wahnsinnig?! Nein, das sind blutjunge und bildschöne Frauen! Aber keine Professionellen, nein, ganz normale Passantinnen, manchmal geschiedene Frauen, gern auch Studentinnen mit Interesse an etwas Taschengeld, die machen das ganz raffiniert, verkleiden sich als Joggerinnen, Walkerinnen. Wenn man Glück hat, ist es sogar sehr preiswert, wenn zum Beispiel einsame Hausfrauen auf der Suche nach etwas Abwechslung und Abenteuer vorbeikommen.«

»Ach, und ich dachte …«

»Mit anderen Fernfahrern, na, Sie sind mir ja einer. Nein, die jungen Damen bekommen was Kühles zu trinken, dann wird bisschen massiert, und der Rest ergibt sich von alleine.«

»Und wie verabredet man sich da? Sie stellen sich ja nicht einfach tagelang auf den Rastplatz und warten, bis eine als Joggerin verkleidete Studentin vorbeirennt, oder?«

»I wo! Da gibt es dolle Internet-Portale, rastplatzsex.de zum Beispiel oder fernfahrerglueck.de, da müssen Sie mal draufgehen. Sie werden Augen machen!««

»Das ist ja dann echt eine gute Sache.«

»Ja, das ist dem Normalbürger gar nicht bekannt, was der Beruf des Fernfahrers für Geheimnisse und Sinnesfreuden beinhaltet!«

Jetzt sah Quirin eine Chance, das Gespräch auf sein eigentliches Anliegen zu lenken. Er beschloss spontan, vom »Sie« zum »du« zu wechseln.

»Was sagst du eigentlich zu den Prostituierten-Selbstmorden?«

»Was soll ich dazu sagen? Für mich ist das nix. Ich muss nicht bei jeder Mode mitmachen. Hahaha.«

»So kann man es natürlich auch sehen.«

Es entstand eine kurze Gesprächspause, während Quirin und der Dicke an ihren Drinks nippten. Die Frauen, von denen sie eben noch belagert worden waren, hatten inzwischen aufgegeben und sich ans andere Ende der Bar zurückgezogen. Die Ermittlungen in diesem Fall waren zwar mit einigen angenehmen Nebeneffekten verbunden, dafür aber wenig zielführend und ganz schön teuer, dachte sich Quirin. Da er spürte, dass von seinem Gegenüber nichts weiter zu den rätselhaften Selbstmorden kommen würde, beschloss er, sich allmählich auf den Heimweg zu machen. Es war immerhin schon dreiundzwanzig Uhr. Doch der dicke Fernfahrer entließ ihn nicht ohne einen letzten Witz:

»Kommt einer ins Freudenhaus und fragt die Puffmutti: ›Machen Ihre Damen auch KGB?‹ Sagt die Puffmutti: ›Bitte verraten Sie mir, was das bedeutet. Ich kenne diese Abkürzung nicht.‹ Sagt der Mann: ›Das heißt *Kniegerechtes Bumsen.*‹«

13. Kapitel

»Bitte fesseln Sie mich ans Bett«, sagte Herr Doktor Debreczin zu Yvonne, die mal wieder einen Hausbesuch bei ihm machte. »Nein, lassen Sie das Kleid ruhig an.«

Yvonne kam alle vierzehn Tage zu dem erfolgreichen Arzt in den besten Jahren. Genauer gesagt, immer dann, wenn seine Frau mit den Kindern einen Ausflug ins Bällebad oder ins Legoland machte wie am heutigen Sonntag. Dr. Debreczin wollte dominiert werden. Er liebte es, sich ausgeliefert zu fühlen. Eigentlich war Yvonne privat eher devot, aber gegen gute Bezahlung verstand sie es, auch mal über ihren Schatten zu springen. Sie stammte aus Belgien, war aber als Teenager mit ihren Eltern nach Starnberg gezogen und arbeitete seit ihrem neunzehnten Lebensjahr als Erotikfilmdarstellerin und Escort-Lady. Inzwischen traf sie sich nur noch mit gut betuchten Stammkunden – und Dr. Debreczin bezahlte außerordentlich großzügig. Er war sportlich und verfügte über einen knackigen Waschbrettbauch; Yvonne hingegen hatte weibliche Formen, einen schönen runden Busen und einen ansehnlichen Po, doch durfte sie ihn dem Herrn Doktor selten präsentieren, weil es ihn am meisten erregte, wenn er mit Seilen gefesselt war und sie gar nichts machte. Manchmal hatte sie einfach nur Serien auf Netflix oder Maxdome angeschaut, nachdem sie ihm befohlen hatte, zu schweigen und sie beim Fernsehen zu betrachten. Das hatte ihm mehrere Höhepunkte verschafft.

Heute hatte er ihr auffordernd ein rosafarbenes Latexband in die Hand gedrückt. Im Grunde war Yvonne dem Herrn Doktor körperlich haushoch unterlegen, aber genau das machte den Mediziner wahrscheinlich besonders an. Sie band seine Hände zusammen und befestigte das Band über seinem Kopf am Stahlrohrrahmen des Debreczin'schen Ehebetts.

»Darf ich etwas trinken?«, fragte er unterwürfig.

»Später!«

»Bitte, ich hab so einen trockenen Mund.«

»Na schön, du Schwein!«

Wie immer hatte er eine neongrüne Aluminium-Fahrrad-Trinkflasche mit Eistee neben dem Bett stehen. Sie öffnete die Flasche und hielt sie wenige Zentimeter vor seinen Mund.

»War der Herr Doktor auch artig?«

»Ja!«

»Hat er auch schön Zähne geputzt?«

»Ja!«

»Braver Herr Doktor! Sag mal Aaaaaa.«

»Aaaaaaa«, machte Herr Dr. Debreczin und riss den Mund sperrangelweit auf. Yvonne gab ihm einen großen Schluck zu trinken. Dann ließ sie ihn wie so oft gefesselt im Bett zurück und ging ins Bad, wo sie sich in aller Ruhe schminkte und die Haare kämmte. Von Dr. Decreczins Todeskampf bekam sie nicht das Geringste mit.

14. Kapitel

»Es ist verdammt schwierig, in der Rotlichtszene zu recherchieren«, beschwerte sich Hans Josef Strauß am darauffolgenden Montagmorgen beim Frühstück, nachdem Quirin und er einander von ihren jeweiligen Erlebnissen berichtet hatten.

»Ich glaub, dieser Zuhälter, Herbert, ist eine ziemlich nützliche Adresse, weil er recht gut vernetzt ist. Ich würd ihn dir gern mal vorstellen.«

Quirin pustete in seinen noch sehr heißen Kaffee.

»Warum nicht?«

»Dann ruf ich ihn mal an.«

»Guad.«

Hans Josef suchte die Visitenkarte heraus und wählte die darauf angegebene Handynummer, die auffällig oft die Ziffer Neun enthielt. Er tippte auf das Lautsprechersymbol, damit sein Geschäftspartner mithören konnte.

»Ja?«, meldete sich Herbert.

»Hallo, hier ist Hans Josef, weißt schon, von gestern.«

»Ja, hallo, Meister. Na, wo drückt der Schuh?«

»Ich würde gern mal mit einem Freund vorbeikommen.«

»Warste zufrieden? Die Stussmuddi meinte, du wärst gar nich auf 'ne Stoßarie aus gewesen?«

»Wie?«

»Na, sie wollte dir wohl schön vernünftich den Aal wässern, aber dann hast du offenbar 'nen Flattermann bekommen.«

»Ja, aber es hat gepasst für mich.«

»Das ist das Wichtigste, dass die Kundschaft zufrieden ist. Da leg ich höchsten Wert drauf. Weil bei uns bekommt man Güte für sein Fett. So, und jetzt willst du deim Kameraden mal Herberts schöne bunte Welt zeigen?«

»Ja, wir wollten einfach mal ein bisschen die Szene auskundschaften, sind ja beide ganz frisch dabei, und dachten, du könntest uns vielleicht ein paar gute Tipps geben.«

»Na klar, kommt doch einfach mal rum, dann könn wir das vernünftich ausdibbern. Treffen wir uns um sieben in dem kleinen Nuttenschuppen, wo wir uns gestern kennlern durften.«

Quirin machte ein Handzeichen.

»Äh, einen Moment«, sagte Hans Josef zu Herbert und dann flüsternd an Quirin gewandt: »Ja, was ist denn?«

»Ich kann erst um achte. Hab vorher noch an Termin«, raunte Quirin zurück.

Hans Josef nickte.

»Wir können erst um acht, Herbert. Passt das auch?«

»Okay. Bis nachher. Schüss.«

Hans Josef legte auf. Keine zwei Sekunden später klingelte sein Smartphone mit der Melodie von »Kleptomanie«. Auf dem Display stand »Violetta/Sonja«.

»Oha, unsere Auftraggeberin«, frohlockte Hans Josef und warf Quirin einen Blick zu.

»Schad, dass wir noch keine Neuigkeiten haben«, brummte der.

»Allerdings«, seufzte Hans Josef, bevor er den Anruf annahm. »Privatdetektiv Hans Josef Strauß?«

Erneut betätigte er die Lautsprechertaste.

»Ja, guten Tag, hier Köster.«

»Hallo!«

»Ich wollt mich nur kurz melden und fragen, ob Sie schon etwas herausgefunden haben.«

Hans Josef räusperte sich und erwiderte dann – wie er hoffte, möglichst überzeugend: »Wir haben ein paar Anhaltspunkte und bitten Sie um etwas Geduld.«

»Und noch was«, setzte Violetta schnell hinzu, so als habe sie Angst, Hans Josef sehe das Gespräch schon als beendet an. »Ich hab Natasha, das ist die Kollegin aus Ungarn, ausfindig gemacht. Sie ist ab morgen wieder in Deutschland. Brauchen Sie ihre Nummer?«

»Ja, unbedingt! Sie sind eine tolle Hilfe, vielen Dank. Das ist ganz und gar nicht selbstverständlich.«

»Wir wollen, glaub ich, alle, dass wir die Sache so rasch wie möglich aufklären, oder?«

»In der Tat!«

»Na also, sehr gut. Haben Sie was zum Schreiben?«

Hans Josef Strauß bejahte und notierte sich die Nummer. »Übrigens …«, schob Violetta nach, »… Natasha hat mir erzählt, dass Herr Pitschka, das ist der Bruder des toten Braumeisters, sich bei ihr gemeldet und um Rückruf gebeten hat. Ich hab mit ihm telefoniert und ein Treffen heut Nachmittag vereinbart. Wollen Sie mitkommen?«

»Sehr gern! Das ist ja großartig!«

»Haben Sie vielleicht um sechzehn Uhr Zeit?«

Quirin fuchtelte mit der Hand in der Luft herum, um anzuzeigen, dass er nicht mitkommen könne. Dann würde Hans Josef Strauß eben allein hingehen.

»Ja. Wo treffen Sie sich denn?«

»In Gräfelfing. Unter der Brücke, in deren Pfeiler dieser Polizeibeamte gestürzt ist.«

»Oh«, verlieh Hans Josef seiner Verwunderung Ausdruck.

»Ja, er möchte mir den Ablauf des Geschehens vor Ort erklären.«

»Okay. Äh, wie kommt man da hin?«

»Soll ich Sie um Viertel nach drei abholen?«

»Das wäre natürlich toll!«

»Ich freu mich! Bis später.«

»Bis später.«

Klick.

»Hier geht's ja zu wie am Stachus«, brummte Quirin.

»Stimmt.« Hans Josef grinste. »Äh, was hast du eigentlich vor, dass du erst um acht kannst? Also, was Privates, oder triffst du jemand wegen unserem Fall?«

»Ich treff jemand wegen des Falls.«

»Oh, prima! Wen denn?«

»Eine Frau.«

»Geht's noch etwas genauer?«

Quirin war sich offensichtlich nicht ganz sicher, ob er über sein Treffen sprechen wollte. Er räusperte sich.

»Ich treff mich mit der einen Frau von gestern.«

»Vom FKK-Club?«

»Ja.«

»Und welche?«

»Die Rumänin. Stella hoaßts.«

»Und was macht ihr? Hat sie eine heiße Spur?« Hans Josefs Unterton war leicht spöttisch.

»Äh, na ja, ich hab ihr vom heiligen Onuphrius erzählt.«

»Wer ist denn das schon wieder?«

»Was? Den kennst ned? Das ist der zuständige Schutzheilige für Weber, Homosexuelle und Prostituierte.«

»Aha.«

»Ja, und ich wollt ihr das Bildnis von ihm zeigen. Das hängt am Marienplatz, schräg gegenüber vom Beck am Rathauseck.«

»Noch nie gehört.«

»Schau. Kannst noch was lernen von mir. Der Onuphrius war ein bescheidener Einsiedler, der sich, ähnlich wie Johannes der Täufer, nur von Datteln und Wurzeln ernährte. Deswegen wird er in der Regel nur als bärtiger Mann mit Wanderstab und einem Kreuz dargestellt, der außer Blättern nichts am Leib trägt.«

»Du weißt Sachen.«

»Tja.«

»Und das Erlebnis mit der Stella hat dich so beeindruckt, dass du sie heut gleich wiedersiehst?«

Quirin glaubte, einen Hauch von Eifersucht aus Hans Josefs Stimme herauszuhören.

»Auch. Sie hat mir erzählt, dass sie im Winter einen kleinen Hund aus Siebenbürgen gerettet hat. Und der ist immer allein, wenn sie arbeitet. Da hab ich ihr vorgeschlagen, ab und zu auf ihn aufzupassen.«

»Du Guter!« Hans Josef tätschelte seinem Freund und Geschäftspartner den Kopf. »Du Feiner!«

Er tätschelte ohne Unterlass weiter und wurde dabei etwas grob. Er streichelte nun nicht nur Quirins Undercut, sondern auch dessen Gesicht.

»Finger weg jetza, du Hanswurscht!«

»Ich muss nachher zum Einkaufen. Komm halt mit, dann kannst du ihr eine Packung Mon Chéri oder so was mitbringen.«

»Des is eigentlich eine gute Idee!«

15. Kapitel

Herbert Dollek saß in seinem kleinen Büro im Stockwerk über der Tabledance-Bar Vegas und ärgerte sich mit Rechnungen und sonstigem Papierkram herum. Der Fünfzigjährige hatte gerade viel um die Ohren und wusste nicht so recht, wo ihm der Kopf stand. Wie immer, wenn er nervös war, nahm er den Spazierstock seines Großvaters in die Hand. Darauf waren mit kleinen Nägeln zahlreiche Plaketten aufgenagelt, die sein Ahne im Lauf des Lebens auf Wanderausflügen gesammelt hatte. Der Opa hatte die Metallabzeichen »Stockschilder« genannt. Dollek empfand es als ungemein beruhigend, mit den Fingern darüberzufahren. Besonders mochte er die Abzeichen »St. Leonhard im Passeier«, »Berchtesgadener Land«, »Gipfelnadel Hochfelln«, »Edelweiß, Enzian, Tiroler Hut«, »Hirzer Hochplateau«, »Vigiljoch« und »Hirzerhütte«. Wenn Dollek mal wandern ging, benutzte er den antiken hellgrauen Lederrucksack, den sein geliebter Großvater ihm vererbt hatte. Neben diesen beiden beruhigenden Gegenständen hatte es für ihn immer nur ein Mittel gegen Stress gegeben: noch mehr Arbeit. Gerade geriet er wegen eines nicht zum festgelegten Termin gelieferten LED-Beleuchtungssystems in Rage. Er griff zum Handy und rief seinen Gehilfen Carlo an, der sich seiner Meinung nach schon in der

Wiege die Finger gebrochen hatte, also bereits früh auf die schiefe Bahn geraten war. Zwar schätzte Herbert ihn als Mitarbeiter, aber er regte sich häufig über Carlos Vergesslichkeit auf.

»Hallo, Chef«, meldete sich Carlo unterwürfig.

»Wo bleiben denn die georderten Leuchtstreifen?«

»Sind die noch nicht da?«

»Dann würd ich doch nicht anrufen.«

»Ich hab die eigentlich rechtzeitig bestellt und …«

»Das is mir offen gestanden ralle. Also, hopphopp!«

Entnervt legte Herbert auf.

»Blindfische! Nur Blindfische! Nichts als Gequake«, schimpfte er vor sich hin. Es klopfte. Herbert hasste das Geräusch seit seiner Kindheit.

»Ja!«, rief er gereizt.

Zaghaft drückte jemand die Klinke herunter. Die Tür öffnete sich, und der mit protzigen Ringen und einer hellbraunen Pelzjacke ausstaffierte Sergej kam herein. Der Moskauer war einer von Herberts besten Kunden. Er wirkte niedergeschlagen und setzte sich mit traurigem Gesichtsausdruck auf den Stuhl gegenüber von Herberts Schreibtisch.

»Na, was los? Schlecht bereift? Irgendwelche Probleme?«, fragte der Zuhälter, so freundlich er konnte.

»Tja, die Damen, die mich gestern besucht haben, waren nur gewöhnliche Dienstleisterinnen«, sagte Sergej mit russischem Akzent. »Sie haben mir nicht das Gefühl wirklicher Liebe vermittelt.«

»Wie, haben sie deine Wünsche etwa nicht erfüllt?«

»Doch, doch, sie haben alle meine Anweisungen befolgt. Aber trotzdem …«

»Was trotzdem? Mach mal halblang.«

»Sie haben einfach nicht überzeugend rübergebracht, dass sie wahre Gefühle für mich haben.«

»Nu gib hier man nich den Pantoffel-Otto, Sergej. Du machst es den Ladys mit deinen Ansprüchen aber auch nicht unbedingt leicht.«

»Willst du etwa behaupten, ich bin nicht liebenswert?«

»Komm, hör auf den Zampano zu spielen! Ich bin nich dein Werbekasper. Wir sind ja hier kein Fledderverein. Aber man muss die Stuten auch reiten können. Verstehst du?«

»Willst du mich beleidigen?«

»Nein. Also, soll ich den Mäusen sagen, sie sollen noch mal vernünftich einschiggern und dir sauber die Fugen verlegen?«

»Ich hätte gerne andere.«

»Hätte, hätte, Fahrradkette! Wir betreiben hier keine Hofsängerei. Wir machen Qualitätsarbeit, keinen Pfusch.«

»Ich bezahle gut, du weißt, ich bin sehr reich.«

»Aber ich hab momentan nur die paar Pferdchen im Angebot, die du kennst. Ich kann hier auch nich rumzaubern.«

»Es kann doch nicht so schwer sein, ihnen beizubringen, dass sie mir ein bisschen mehr echte Liebe vermitteln.«

»Ich red man mit ihnen, lass dir da keine grauen Haare wachsen, du weißt ja: Hier läuft alles wie bei Muttern. Ich werd denen 'ne ordentliche Impfung verpassen. Musste aber in die Tasche greifen.«

»Wie viel?«

»Sechshundert Schamotten pro Gongschlag.«

»Sechshundert Euro? Pro Braut?«

»Richtig.«

Sergej grübelte eine Weile. Die Uhr an der Wand tickte. Herbert trommelte ungeduldig mit dem Zeigefinger auf den Tisch. Dann nickte der Russe.

16. Kapitel

Hans Josef und Quirin standen im Supermarkt und überlegten, was man einer Prostituierten, die man erst einmal gesehen hatte, mitbringen könnte.

»Bist du ein bisschen verliebt in sie?«, fragte Hans Josef Strauß.

»A geh! Ich verlieb mich doch nicht in eine Dirne.«

»Na, da wirkst du aber anders. Dein Gesichtsausdruck ist so verträumt seit heute Morgen …«

»Schmarrer!«

Quirin schüttelte den Kopf.

»Weil wenn du verliebt bist, bring ihr halt was Romantisches mit. Zum Beispiel einen Bierschinken. Oder eine Viererpackung Underberg.«

Eine alte Dame mit Lodenmantel und Hut kam auf die beiden zu.

»Entschuldigen's bitte, i seh nimmer so gut, können Sie mir helfen? Ich bräucht an Metzgerschinken ausm Kühlregal.«

»Ach so, ist nicht der von der Frischtheke besser?«

»Naa, da bin i scho mal reingfallen, vor dreißig Jahren, da hat man mir einen alten Schinken aufgeschnitten, der war zundertrocken. Seitdem kauf ich nur noch den abgepackten.«

»Ja gern«, sagte Hans Josef galant. »Da sind wir Ihnen selbstverständlich behilflich. Warten Sie mal …«

Hans Josefs Blicke wanderten durch die Regalreihen. »Hier gibt es normalen Kochschinken, das ist aber nicht das, was Sie wollen, oder?«

»Naa, i brauch scho an richtigen Metzgerschinken, weil ich für meine beiden Enkel Schinkennudeln mach, nach am alten Familienrezept, oiso mit Gurkensalat und Dill, aber mit saurer Sahne und Schlagrahm, des Ganze gibt ma dann direkt zu die Nudeln dazua, sodass si die Soß vom Gurkensalat mit die Nudeln vermischt.«

»Des hört si toll an«, bemerkte Quirin. »Mei Oma hat aa immer Schinkennudeln gmacht, die hab i gern gessen.«

»Da haben Ihre Enkel ja was Feines zum Schnabulieren heute Abend«, vermutete Hans Josef Strauß.

»Ja, die kemma extra nur wega die Schinkennudeln so gern zu mir, der Große, der Wasti, der is mittlerweile scho zehne, aber immer no mag ers genau a so wias oiwei war. Und die Gloane, die Sabrina, die is a ganz a hoaglade. Die isst so guad wia goanix.«

»Wie bidde? Was ist Ihre Enkelin?«

»A hoaglade«, klärte Quirin seinen westfälischen Freund auf. »Oiso auf Deitsch xagt, a bisserl arg wählerisch.«

»Genau«, klagte die alte Dame. »Die lasst normal ois steh.«

»Ach so«, sagte Hans Josef, »Sie meinen, sie ist pingelig, was Essen betrifft. Na, da hab ich auch Beispiele in der Verwandtschaft. Meine Schwester macht zum Beispiel einen wunderbaren Gemüsesulz, ganz etwas Köstliches, aber ihre Kinder lassen das regelmäßig stehen.«

Quirin verzog das Gesicht.

»Pfui Deifi!«

»Aha, was is des, a Gemüsesulz?«, erkundigte sich die Dame.

»Das ist ganz einfach«, erklärte Hans Josef stolz und verfiel, ohne es zu merken, in seinen westfälischen Heimatdialekt, was ihm ab und zu passierte, wenn er von Speisen aus seiner Kindheit erzählte. »Man nimmt Leipziger Allerlei, also Möhren, Erbsen und Spargel, das kann man ruhich auch aus der Dose nehm, das tut dem Ganzen keinn Abbruch. Das lässt man abtropfen, damit es schön saftich ist, aber nich mehr im Wasser schwimmt. Im Anschluss würzt man das mit Fondor oder Maggi oder ähnlichen Geschmacksgebern. Nu setzt man die Gelatine an, verteilt das Gemüse in einzelne kleine Schüsseln, gibt die Gelatine darüber und lässt sie kalt werdden. Die fertigen Portiohn stürzt man appetitlich auf kleine Teller und garniert das Ganze mit frischer Petersilie. *Das* ist ein klassischer Gemüsesulz. Eine wunderbare Delikatesse. Aber die Kinder meiner Schwester haben keinen Sinn für diesen Leckerbissen.«

Auch die alte Frau hatte inzwischen das Gesicht verzogen.

»Oiso, i muass sang, des hert si für mi jetz aa a bisserl ungwohnt o …«

»Das sollten Sie unbedingt mal probieren. Ein großartiges Geschmackserlebnis.«

»Guad. Bitte kannten Sie jetza mal schaung wega dem Metzgerschinken?«

»Ja, selbstverständlich«, erwiderte Hans Josef beflissen. »Moment mal, also hier, geräucherter Schinken, Schwarzwälder, Tiroler, ach nee, das ist Speck, das nützt Ihnen nix. Aber warten Sie mal, hier gibt es Meisterschinken.«

»Was is des?«

»Das ist Schinken aus meisterlicher Hand gefertigt. Also, da war ein Meister am Werk. Da können Sie davon ausgehen, dass die Scheiben hauchdünn geschnitten sind und von höchster Qualität. Denn fest steht, dass dieser Schinken von einem Meister zubereitet wurde. Sonst dürften die das ja gar nicht draufschreiben.«

»Manchmal redst aber scho an rechten Schmarrn daher, Hans!«, quengelte Quirin ungeduldig.

»Warum denn? Ich berat hier gerade die nette Dame. Moment, lassen Sie mich mal auf der Rückseite schauen … Na, wer sagt's denn: Dieser Schinken ist noch elf Tage haltbar. Das macht den Unterschied zu herkömmlichen Sorten, die müssen Sie ja in der Regel innerhalb von drei, vier Tagen verbrauchen. Nicht aber bei dieser meisterlichen Güte.«

»Dann kauf i den!«, rief die Dame erfreut.

Hans Josef war nun so richtig schön in Fahrt.

»Da können Sie auf jeden Fall nichts falsch machen. Und Ihre Enkel werden's Ihnen danken.«

»Dankschön.«

»Sehr gern geschehen. Wissen Sie was, ich versuch den

Meisterschinken heut auch mal. Das hat mich jetzt neugierig gemacht.«

»Na wünsch i Eahna an gesegneten Appetit«, wandte sich die Frau zufrieden ab und wackelte mit ihrem Schinken davon.

»Ihnen auch!«

Quirins Blick verriet deutliche Restzweifel an der geistigen Verfassung seines Freundes.

»Also, noch mal kurz zusammengefasst«, sagte er, nachdem die alte Dame Richtung Kasse verschwunden war. »Ich treff mich nachher mit der Stella aus Rumänien, du fährst mit der Violetta zum Brückenpfeiler und redst mit dem Bruder vom Braumeister.«

»Genau! Und wir sehen uns abends um zwanzig Uhr bei dem Zuhälter im Busenclub.«

»In Ordnung«, bejahte Quirin und steuerte auf das Süßwarenregal zu. »Meinst, die mag Mon Chéri?«

»Alle Frauen mögen Mon Chéri. Wusstest du, dass die die Produktion im Sommer einstellen, damit die Ware nicht den warmen Temperaturen ausgesetzt ist?«

»Nein, wusst ich nicht. Da haben wir ja Glück, dass noch kein Sommer ist.«

17. Kapitel

»Jetzt hätt ich dich beinah nicht erkannt«, sagte Quirin zu Stella, nachdem sie sich an ihrem Treffpunkt vor dem Fischbrunnen begrüßt hatten.

»Haha. Du kennst mich ja nur nackt. Ich habe mich lang mit keine Mann privat getroffen, ist sicher zwei Jahre her.«

»Das ist aber eine große Ehre.«

»Du bist sehr nette.«

Sie gab ihm einen Kuss, und er überreichte ihr die rote Schachtel mit den Schnapspralinen.

»Du bist richtiger Kavalier!«, lachte sie vergnügt und steckte die Leckerei in ihre Handtasche. Dann deutete sie mit der Nasenspitze nach unten. »Schau. Das ist Quadrophenia.«

Quadrophenia war eine braune Labradorhündin mit treuen, sanften Augen. Sie sah Quirin an, schüttelte sich dann, schnüffelte am Boden herum und zog dabei wie besessen an der Leine.

»Sie ist noch jung«, erklärte Stella. »Zu viel Energie. Wo willst du hin, Quadrophenia? Was ist denn los?«

Quadrophenia wollte irgendeinem Duft folgen, aber Quirin schaffte es, seine beiden neuen Freundinnen vor ein sonderbares, an einer Häuserwand angebrachtes Bildnis zu lotsen. Es zeigte einen nackten Mann mit Bart und Blättern vor dem Intimbereich.

»Woaßt, wer des is?«, fragte er Stella.

»Nein, aber sieht aus wie Neptun.«

»Haha, stimmt. Aber des is ned Neptun, sondern der Schutzheilige für alle Dirnen.«

»›Dirnen‹ ist schöne Wort. Besser als Nutte oder Hure.«

»Find i aa.«

»Was hat er da in der Hand? Eine Ast?«

»Ja, einen Wanderstab. Und in der anderen Hand ein sogenanntes Doppelkreuz.«

»Was ist denn Doppelkreuz?«

»Des woaß i leider ned so genau. I glaub, des kommt aus Griechenland oder so. Es war vermutlich so eine Modeerscheinung vor ein paar Hundert Jahren. Man hat auf den senkrechten Balken zwoa waagerechte higmacht, das galt seinerzeit wohl als schick.«

»Schöne Kunstwerk!«

»Ja, und der Bursche hat Onuphrius ghoaßn. Der hat um das Jahr 300 nach Christi Geburt gelebt. Aber warum hängt der da? Der is doch pudelnackert und hat außer am Kreuz, am Wanderstab und a paar Blätter im Schritt nix zum bieten! Außerdem war er angeblich am Gesellschaftsleben ned sonderlich interessiert und ist im Alter von zwanzig Jahren in die Wildnis gezogen, um als Eremit nur seinem Herrgott zu dienen. Weil er auf Abbildungen manchmal so ähnlich dargestellt wird wie der heilige Christophorus, der ungefähr zur gleichen Zeit gelebt hat und auch immer einen Stab in der Hand hält, wurden die

Abbildungen und Statuen gern mal verwechselt. Der Christophorus ist ja für die Kraftfahrer, Luftschiffer und Reisenden zuständig, während der Onuphrius, wie gesagt, sexuell Ausgenutzte, Dirnen, Weber und Schwule beschützt. Und Heinrich der Löwe, der Gründer von München, hat von seinen Kreuzzügen die Hirnschale vom Sankt Onuphrius als Reliquie mitgebracht und hat sie der Kapelle in der Heinrichsburg gestiftet, da, wo heut der Alte Hof steht. Wart, den kann man von hier aus sehen!«

Er zeigte ihr den Alten Hof, und sie gab ihm noch einen saftigen Kuss.

»Dort, in der Burgstraße, stengan übrigens mit die ältesten Häuser Münchens. Und hier, beim Onuphrius, a paar Meter nebam Viktualienmarkt, war früher der Eiermarkt, wo man nur Hühner und Eier hat kaufen können, deswegen ham meine Großeltern immer vom ›Eiermarkt-Stofferl‹ geredet. Ich hab erst später rausgfunden, dass es in Wirklichkeit nicht der ›Stofferl‹, sondern der ›Friserl‹ ist.«

»Friserl?«

»Wegern Onuphrius.«

»Hihi. Du bist echt so lustig.«

»Ja, weil ma kürzt bayrische Männervornamen oft mit der letzten Silbe ab. Des hast sicher scho mal kört. Oiso, aus Alfons wird ›Fonsä‹, aus Christoph ›Stofferl‹, aus Matthias ›Hias‹, aus Rupert ›Bertl‹, aus Joseph ›Sepp‹, aus Bernhard ›Hartl‹, aus Alois ›Loisl‹ und so weiter.«

»Ich höre dir so gern zu.«

»Des gfreit mi! Geh ma noch a Stückerl mim Hund and Isar?«

»Ja!«

Sie hängte sich bei Quirin ein, der die Leine übernahm, und sie spazierten durchs Tal vorbei am Le Clou, dem Schneider Bräuhaus, dem Dürnbräu, dem Bier- und Oktoberfestmuseum und dem Isartor.

»Ich mag dich echt gern, Rinerl«, hauchte Stella leise in Quirins Ohr.

»Rinerl?«

»Wegen Qui*rin*.«

Quirin lachte herzlich. Dann wurde er still, und nach ein paar Minuten fragte er forsch: »Du, Stella? Soll ich dich eigentlich nicht aus dem Milieu rausholen?«

»Nein.«

»Guad. Dann ned.«

18. Kapitel

»Da vorn war's«, sagte Bauingenieur Robert Pitschka, der Bruder des toten Braumeisters Barti. Er zeigte Violetta und Hans Josef den fast fertiggestellten Brückenpfeiler. »Der Polizeibeamte kam hier auf der Baustelle vorbei, als gerade Hochbetrieb war, um mich wegen meines Bruders zu befragen. Ich konnte ihm nicht viel sagen, außer dass er sich in letzter Zeit öfter sonderbar verhalten hat und ich deswegen nicht mehr viel Kontakt zu ihm hatte. Jedenfalls wollte der gute Mann dann aus unerfindlichen Gründen plötzlich auf die Brücke rauf, während grad der Pfeiler mit Beton ausgegossen wurde. Da beugt der Depp sich vor, rutscht ab und fällt direkt in die Betonmischung rein.«

»Hätte man ihn da nicht retten können?«, erkundigte sich Hans Josef Strauß.

»Leider nicht. Sie müssen sich das so vorstellen: Es werden große Mengen Beton mit rascher Festigkeitsentwicklung in den hohlen Pfeiler gegossen, sprich, der härtet sofort aus. Und die Maschine pumpt ununterbrochen nach, bis der Pfeiler bis oben ausgegossen ist. Wenn da ein Gegenstand reinfliegt, bleibt der für immer drin. Das gilt für Schraubenzieher, Brillen, Uhren und in unserem Fall – leider Gottes – auch für Menschen.«

»Und wenn man die Maschine gestoppt hätte?«

»So schnell lässt die sich nicht stoppen, in der Zwischenzeit sind da schon wieder fünfhundert Kilo Beton reingeflossen, da braucht man nicht mal dran denken, irgendeinen Leichnam nachträglich aus dem Beton zu klopfen. Das würde ja auch Wahnsinnskosten verursachen, das zahlt Ihnen kein Mensch. Da müsste einer schon Diplomat sein oder ein hoher Politiker, dass man da so einen Aufwand betreiben würde. Aber für einen einfachen Polizeibeamten wird da nichts unternommen. Der bleibt im Pfeiler.«

»Na hören Sie mal …«, sagte Hans Josef Strauß erschüttert. »Das ist aber schon ein bisserl geschmacklos.«

»Was liegen denn dort für Blumen am Fuß des Brückenpfeilers?«, erkundigte sich Violetta.

»Das ist Grabschmuck von den Angehörigen des verunglückten Polizisten.«

»Ach so«, fasste Hans Josef zusammen, »der Pfeiler ist sozusagen auch gleichzeitig der Grabstein?«

»Ja, so gruselig das klingt. Die Familie des Polizisten hat sogar eine Gedenktafel beantragt, die am Pfeiler angebracht werden soll.«

»Das war doch ganz klar ein Unfall, oder?«, nahm Hans Josef den Ermittlungsfaden auf.

»Das sieht die Justiz leider anders. Es war ja außer mir keiner mit ihm auf der Brücke. Die Betonmischmaschine lief von alleine, und die beiden anderen anwesenden Bauarbeiter haben gerade Mittag gemacht. Die Staatsanwaltschaft behauptet, ich hätte den Beamten ohne Weiteres hinunterstoßen können.«

»Und wieso hätten Sie so etwas tun sollen?«

»Sie gehen davon aus, dass der Beamte etwas herausgefunden hat, was er nicht wissen sollte, und dass ich ihn dann kaltblütig beseitigt habe.«

»Was hätten Sie denn über eine Suizidserie wissen sollen, um deswegen gleich einen Mord zu begehen? Klar, es gibt Selbstmordattentäter, die in jemandes Auftrag handeln, allerdings wollen die ja einen Effekt erzielen, zum Beispiel die Leute einschüchtern, indem sie andere mit in den Tod reißen und sich dann zu irgendeiner Organisation bekennen. Aber sich vor den Augen einer Prostituierten in irgendjemandes Auftrag selbst zu töten, hört sich schon äußerst unwahrscheinlich an. Sagen Sie doch mal: Welches brisante Wissen wird Ihnen denn von der Staatsanwaltschaft unterstellt?«

»Na ja, mein Bruder hatte zeitweise Kontakte zur AMO, und das wusste der Staatsanwalt durch eine Zeugenaussage eines …«

»Moment«, hakte Hans Josef nach. »Was ist denn die AMO?«

»Was weiß ich denn?«, stammelte Pitschka. Es wirkte fast so, als hätte er sich verplappert. »Irgendein Verein halt, ich hab das denen alles schon gesagt. Ich dachte eigentlich, dass Sie mir helfen können, mich vor der deutschen Justiz zu schützen, aber jetzt stellen Sie mir die gleichen Fragen wie die!«

»Um Ihnen helfen zu können, muss ich so viel wie möglich wissen.«

»Das können Sie sich sonst wohin stecken«, rief Pitschka

nun aufgebracht. »Sie arbeiten wahrscheinlich im Auftrag von denen und wollen mir einen Strick drehen! Ich sage kein Wort mehr zu Ihnen!«

»Das stimmt nicht, ich bin ein unabhäng-…«

»Schauen Sie, dass Sie weiterkommen!«

»Aber ich …«

»Abflug!«

Pitschka machte ungeduldige Scheuchbewegungen mit der Hand, auch in Violettas Richtung. Die beiden wechselten überraschte Blicke, traten aber vorsichtshalber den Rückweg an. Nicht, dass sie auch noch in einem Brückenpfeiler endeten. Erst als sie wieder in Violettas Mini Cooper saßen, wagten sie zu sprechen.

»Warum wurde er auf einmal so aggressiv?«, fragte Violetta.

»Er hat sich wahrscheinlich verplappert mit seiner AMO«, kombinierte Hans Josef. »Der weiß viel mehr, als er uns weismachen will. ›Irgendein Verein‹, sagte er. Für was könnte das bloß eine Abkürzung sein? ›Am Morgen Orgasmus‹ vielleicht oder ›Auch Muttis orgeln‹. Keine Ahnung. Soll ich mal googeln?«

»Na klar.«

Der Detektiv zückte sein Smartphone und hatte nach ein paar Augenblicken herausgefunden, dass die Suche nach AMO nur zwei sinnvolle, aber völlig unbrauchbare Ergebnisse brachte, nämlich »Automatisierung Messtechnik Optik GmbH« und »Allergiezentrum Mosburg an der Isar«.

»Wissen Sie, was das Schlimmste ist?«, fragte Violetta

stockend. »Ich habe solche Angst. Ununterbrochen. Es ist wie eine Urangst vor etwas Unbekanntem, so wie wenn man als Kind allein daheim ist und irgendwo im Haus knackt es. Dann kann man die ganze Nacht nicht einschlafen und versucht, sich unter der Bettdecke zu verstecken, als würde das Monster oder Verbrecher abschrecken. Aber es beruhigt irgendwie, zumindest ein bisschen. Nur nach solch einem Ereignis – und wenn dann zweimal hintereinander Typen vorbeikommen, um sich beim Vögeln umzubringen – nützt die Bettdecke rein gar nichts. Es ist dieses Ausgeliefertsein, die Gewissheit, dass es Menschen gibt, die sich völlig normal verhalten und in der nächsten Sekunde, ohne mit der Wimper zu zucken, tödliches Gift nehmen – und zwar während jemand Unschuldiges dabei ist, der danach mit diesem Erlebnis weiterleben muss.«

»Ich möchte auch ehrlich gesagt nicht mit Ihnen tauschen. Haben Sie denn schon ärztliche Hilfe in Anspruch genommen?«

»Natürlich. Ich bin in psychotherapeutischer Behandlung und nehme mehrmals am Tag Beruhigungstropfen. Trotzdem kann ich nicht wirklich allein sein.«

»Ich würde Sie da gern unterstützen, aber ich kann Sie wohl schwer zu Verhören und Ermittlungen mitnehmen«, bedauerte Hans Josef Strauß achselzuckend.

»Das nicht, aber vielleicht könnten Sie abends, wenn Sie alles erledigt haben, noch zu mir kommen – oder ich zu Ihnen – und sich ein bisschen um mich kümmern. Nur für ein paar Tage. Das würde mich sehr beruhigen, Sie strahlen etwas Familiäres, Vertrautes aus, und um ehrlich zu sein, habe ich nicht so viele nahe Freunde, die ich fragen könnte.«

»Hm, das kann ich natürlich schon machen, ich müsste das aber noch mit meinem Kollegen absprechen …«

»Selbstverständlich würde ich Ihnen auch etwas dafür bezahlen. Wenn Sie möchten, kann ich Ihnen natürlich auch Full Service bieten – Sie wissen schon. Das ist ja schließlich mein Beruf.«

»Puh. Na ja, wenn das so ist … würde ich mich schon gern darauf einlassen.«

Er konnte – abgesehen von ihrer höchst erotischen Ausstrahlung – eine große Sympathie für die Frau nicht verheimlichen, so seltsam die Umstände auch waren. Und es stimmte ja: Es war ihr Beruf. Es sprach also alles dafür, dieses wirklich reizvolle Angebot anzunehmen.

»Ich glaube, es wäre das erste Mal in der Geschichte der Menschheit, dass eine Hure einem Freier Geld für sexuelle Dienstleistungen bezahlt«, schmunzelte Violetta.

»Muss ich mich jetzt schmutzig fühlen, wenn ich Ihr Angebot annehme?«

»Nein. Aber Sie *dürfen* sich schmutzig fühlen.«

Violetta und Hans Josef lachten und scherzten noch während der gesamten Heimfahrt in die Innenstadt.

19. Kapitel

»Willst noch mehr über München wissen?«, fragte Quirin großzügig.

»Warum nicht?« Stella hängte sich bei ihm ein und sah übermütig zu ihm herauf. Sie war ein paar Zentimeter kleiner als er, und er kostete seine Rolle als väterlicher Stadtführer genüsslich aus. »Aber bitte auf bairisch.«

»Oiso, des war so. Im Jahre 758 nach Christi Geburt san zwoa Mönche ausm Kloster Schäftlarn loszong, wahrscheinlich, um si zu besinnen. Irgendwo da vorn …«

Er deutete in Richtung Isartor.

»… hams Rast gmacht. Ungefähr Höhe Nockherberg. Den kennst aber?«

»Ja, ich war schon im Biergarten dort.«

»Oiso! Brotzeit werns bestimmt dabeighabt ham, na hams natürlich an Durscht kriagt. Zum Glück hats ja an Fluss gem, na hams drunga. Und der oane hat ausgruafa: ›O mei, was gabad i dafüa, wann des Wasser a bisserl süffiger schmecka dad!‹«

»Haha, lustig«, freute sich Stella. Quadrophenia merkte, dass die Geschichte wohl etwas länger dauern würde, und so gab sie ihre Duftspur auf und legte sich gemütlich auf den Bürgersteig. Ein Passant warf ein Zehncentstück auf den Boden, weil er offenbar dachte, dass Menschen, deren Hund auf dem Bürgersteig herumlag, ja nur Bettler sein konnten.

»Hast gseng! Der hat uns Geld gespendet.«

»Ja, ich glaube, er wollte machen Scherz.«

»Vielleicht.«

»Bitte erzähl weiter!«

»Also, die Mönche wollten des Wasser süffiger haben, drum hams betet ...«

»Was haben sie? Ich habe nicht verstanden.«

»Gebetet. Also a Gebet gsprocha, damit eana irgendwann amoi a erfrischender Trunk – ähnlich dem ihnen bereits wohlbekannten Bier – gereicht werden solle, an dem se die Menschen gleichwohl am Tag und aufd Nacht gfrein kenna. Und weils grad so schön war, hams beschlossen, genau an dieser Stelle a Kirchn aus Holz zu baun, und de hams nachm heiligen Petrus benannt. Des hat ma seinerzeit grundsätzlich so gmacht.«

»Du bist eine lebendige Lexikon.«

»Ja mei. Jetz hams für des Getränk natürlich an Namen gebraucht. Sie sprachen damals schon gepflegtes Bairisch und vermutlich eine Art Keltisch, aber als gute Mönche auch ein wenig Latein, und so nannten sie das gewünschte Getränk ›Salvator‹, was glaubi sovui hoaßt wie ›Heiland der Welt‹.«

»Heiland?«

»Das ist ein Synonym für ›Erlöser‹.«

In diesem Moment kam ein Polizeibeamter daher und sprach Stella an.

»Grüß Gott, die Dame«, zwitscherte er leicht provokant. »Ois in Ordnung?«

»Ja«, stammelte Stella leicht nervös. Die beiden schienen sich zu kennen.

»Bitte achten Sie drauf, den Hund an der Leine zu lassen, nicht, dass er Ihnen wieder wegläuft.«

»Ja, natürlich, Entschuldigung.«

»Alles klar. Auf Wiederschaun!«

Der Beamte nickte kurz und ging dann wieder seines Weges.

»Was hat er denn gemeint?«, erkundigte sich Quirin.

»Ach, blöde Geschichte. Ich hatte mal eine Freier, wo mich für Abend mit Escort in Restaurant und so weiter gebucht hat. Aber mein Hundesitter hatte keine Zeit. Wo soll ich Quadrophenia lassen? Dann ich hab Idee bekommen: Freundin von mir hat Quadrophenia zu Polizeirevier gebracht und erzählt, sie hat auf Straße gefunden. Polizei hat natürlich anhand von Nummer an Halsband meine Adresse rausgefunden, mich angerufen und mein Hund am nächste Tag zu mir nach Hause gebracht. Das war sehr praktisch. Nur leider zwei Tage später ich war mit Quadrophenia und die gleiche Freundin, die abgegeben hat, an Isar spazieren. Und da ist diese Polizist, wo eben da war, zufällig vorbeigekommen und hat uns zusammen gesehen. Er hat gemacht Anzeige, und ich hab bezahle Bußgeld von dreihundert Euro wegen *Erschleichen von Leistungen*.«

»Haha, aber raffiniert is die Idee schon«, freute sich Quirin. »Du hast grad Isar gesagt. Weißt du, wie die beiden Mönche die Anhöhe getauft haben?«

»Nein.«

»›Petersbergl‹. Und das Gewässer ›ys ura‹, was, wenn ich mich recht erinnere, so viel heißt wie ›rasant dahinfließendes Wasser‹.«

»Und aus ›ys ura‹ wurde dann Isar?«

»Ganz genau!« Er nickte zufrieden. »Du woaßt ja, dass München auch die ›nördlichste Stadt Italiens‹ genannt wird, oder?«

»Nein, aber passt gut. Sobald eine Sonnenstrahl, alle sitzen draußen.«

»Eben. Die Engländer sagen ja ›Munich‹. Des is aber außerdem einfach a oids Wort für ›Mönch‹.«

»Wegen beide Mönchen mit die Bier.«

»Ganz genau!«

20. Kapitel

Pünktlich um 19 Uhr 50 trafen sich Quirin und Hans Josef vor der Tabledance-Bar Vegas, damit sie vor dem Treffen mit Herbert Dollek noch etwas Zeit zum Reden hatten. Beide wirkten auffallend beschwingt.

»Warst du schon im Wirtshaus und hast ein Bier getrunken, oder was?«, eröffnete Hans Josef den Dialog.

»Nein. Warum?«

»Weil du gar so munter und übermütig wirkst.«

»Dein Dauergrinsen könnte mich zu ähnlichen Rückschlüssen führen, lieber Hans. Oder wie deine Friseurin sagen würde: Hajo.«

»O nein, bitte nicht. Hajo ist ganz schlimm. Wie war's mit der FKK-Frau?«

»Stella heißt sie. Bitte merk dir den Namen. Die wirst du vermutlich in nächster Zeit öfter sehen.«

»Oha! Hast du ihr angeboten, sie aus der Rotlichtbranche zu befreien? Hahaha.«

»Du lachst, aber das hab ich wirklich vorgeschlagen. Allerdings will sie da bleiben. Es ist nun mal ihr Job, und sie mag ihn und verdient gutes Geld.«

»Also, ich könnte nicht mit einer zusammen sein, bei der ich weiß, dass sie jeden Tag mit zehn anderen Männern Sex hat.«

»Sie macht ja nur Safer Sex und wäscht sich nach jedem Mal gründlich.«

»Trotzdem.«

»Ich pass ja in nächster Zeit öfter mal auf ihre Labradorhündin auf, die bringt sie mir vormittags vorbei, deswegen bin ich da ja dann immer der Erste.«

»Und wann holt sie den Hund wieder ab? Vermutlich spätabends. Wenn sich also vormittags nichts ergibt, bist du möglicherweise nicht mehr der Erste, sondern der Letzte in der Nahrungskette.«

»Ich werd's schon schlau genug anstellen. Wie war's mit dem Brückenheini?«

»Das ist vielleicht ein komischer Kauz. Er hat lauter sonderbare Dinge von irgendeiner AMO-Bewegung gesagt und hat dann abrupt das Gespräch abgebrochen.«

»Oh. Ned guad.«

Quirin atmete tief ein. Dann sah er seinen Partner wissbegierig an.

»Und wie geht es der Violetta?«

Hans Josef Strauß errötete. Da war er doch tatsächlich einen Handel mit einer Prostituierten eingegangen, für die er arbeitete. Und dieser Deal besagte, dass er sie nachts betreuen sollte, damit sie keine Angst haben musste, und sie ihm dafür als Gegenleistung sexuelle Gefälligkeiten erwies. Nüchtern gesehen ein faires Geschäft. Aber ein wenig schäbig fühlte er sich dabei schon. Andererseits war Violetta ja wirklich bezaubernd – sie hatte eine sehr sympathische Art, einen guten Humor, sie sah toll aus, war intelligent und Hans Josef gegenüber aufrichtig herzlich. Warum also nicht? Und Quirin durfte es ruhig wissen, einerseits waren sie gute Freunde, andererseits bandelte der ja auch mit einer aus dem horizontalen Gewerbe an.

»Ähm, ihr geht es einigermaßen gut. Sie hat sich gewünscht, dass ich ein paar Mal bei ihr übernachte beziehungsweise sie bei mir, weil sie nachts oft Angstzustände und Albträume quälen.«

»Aha. Apropos Letzter in der Nahrungskette. Und, opferst du dich auf?«

»Ein Gentleman genießt und schweigt.«

»Ich hab ja auch nicht gefragt, was ein Gentleman machen würde, sondern was *du* machst.«

Inzwischen war es zwanzig Uhr, und sie betraten die Bar. Am Tresen tranken zwei Südländer Kaffee, die Barfrau stand wie immer an ihrem Platz, eine schlanke, dunkelhäutige Frau mit Afro tanzte lasziv an der Stange, und Herbert Dollek saß an einem der Tische in einem von außen einsehbaren Separee bei einem Cocktail und telefonierte. Er bedeutete den beiden Besuchern, sich doch erst mal an den Tresen zu setzen, was diese auch brav taten. An der Wand über der Bar hing das Konterfei der Tänzerin, darunter stand in silberner Glitzerschrift: »Jetzt auch in der VEGAS-BAR: AFRODITE.«

Hans Josef wies mit dem Finger darauf und flüsterte Quirin zu: »Davon hat mir die Violetta erzählt. Grace alias Afrodite! Das ist 'ne Freundin von ihr.«

»Freundin? Das ist doch ein verkleideter Mann«, schnaubte Quirin neunmalklug.

»Pscht, nicht so laut«, zischte Hans Josef. »Ich glaub, das hört die nicht so gern.«

»Entschuldigung«, entschuldigte sich Quirin und versuchte wieder einmal, seine abrupt auftretenden Schuldgefühle zu unterdrücken.

»Ich muss jetzt dringend erst mal aufs Häusel«, kündigte Hans Josef an.

»Heisal hoaßt des!«

»I mecht so redn wiari wuil.«

»Ren! Ren hoaßt des, Herrschaftszeiten!«

»Ha! Jetzt hast du auch einen Fehler gemacht«, triumphierte Hans Josef Strauß. »Es heißt nämlich in Wirklichkeit ›redn‹ und nicht ›reehhhn‹.«

»Glei fangst oane, du Rindviech«, erwiderte Quirin halb im Spaß, aber dennoch mit leicht zuckendem Groll-Auge. »›Ren‹ hoaßt des, du Depp, du damischer. Geht's eigentli no?«

Doch Hans Josef war bereits in Richtung Toilette verschwunden und hatte nur den Anfang der Schimpfkanonade mitbekommen. Noch immer unwirsch vor sich hin brummelnd, bestellte Quirin ein Bier. Wenige Sekunden später legte sich von hinten eine Hand auf seine Schulter.

»Naa, Schätzchen? Einsam?«, hauchte eine raue, aber zugleich hohe Stimme. Er drehte sich um. Da stand der große Mann mit der afrikanischen Frisur in den glitzernden Frauenkleidern, der vorhin an der Stange getanzt hatte.

»Oh, hallo«, sagte Quirin verdattert, denn er spürte, dass dieser Mensch einen gewissen Reiz auf ihn ausübte.

Allerdings nicht im sexuellen Sinne, sondern eher auf emotionaler Ebene. Irgendetwas faszinierte ihn an diesem Mann. Dennoch war ihm klar, dass Afrodite womöglich nur auf Geld aus war und ihn abzocken wollte.

»Spendierst du mir eine Weinschorle?«, fragte da auch schon die Frau, die eigentlich ein Mann war. Weinschorle hörte sich in Quirins Ohren nicht besonders teuer an, und als hätte sie seine Bedenken geahnt, schob Afrodite, bevor er etwas Entsprechendes fragen konnte, die Bemerkung nach: »Kostet nur neun Euro.«

Das konnte Quirin sich leisten.

»Guad, des mach ich gern«, sagte er und bestellte bei der Barfrau.

»Schnäpschen dazu?«, schlug diese vor.

»Für mich nicht«, gelobte der Detektiv. »Ich bin nämlich zurzeit auf Diät.«

»Das brauchst du doch gar nicht«, kicherte Afrodite, die sich neulich im Pink Bunny Club noch Grace nannte. »Du bist doch ein höchst attraktiver Mann. Wer will denn schon ein Krischperl?«

Quirin freute sich. Einerseits über das Lob, andererseits über den Begriff »Krischperl«, ein altbayrisches Wort für »schmächtiger Mensch«, was vermutlich von »Gerippe« kam, möglicherweise auch von »Griebs« oder »Griebsch«, dem sächsischen Wort für »Apfelbutzen«.

»Kennen Sie das Buch *Essen muss wehtun?*«, traute Quirin sich zu fragen.

»Nein, aber das hört sich interessant an.«

»Na ja, es geht halt darum, dass es unangenehm sein

muss zu essen. Das Ziel dabei ist, eines Tages gar keine Lust mehr auf Nahrung zu haben.«

Afrodite hob die Augenbrauen und verzog den Mund. »Das ist ja völlig geisteskrank.«

»Möglicherweise. Aber sämtliche Diäten, die ich probiert hab, haben nicht funktioniert.«

»Dabei sind es doch nur ein paar Kleinigkeiten, die man bedenken muss, um abzunehmen.«

»Oh«, merkte Quirin auf, der sein Gegenüber nicht nur faszinierend fand, sondern ihm – oder ihr – auch intuitiv vertraute. »Was sind denn das für Kleinigkeiten?«

»Zuallererst sind es die bekannten Dinge wie Bewegung, viel frische Luft und genug Wasser. Dann unbedingt Weizenmehl vermeiden. Also keine Nudeln, Brot oder Pizza aus diesem Mehl. Man kann alternativ Spaghetti aus Kamut oder Dinkelsemmeln essen. Aber jetzt kommt das Wichtigste: Du musst deinem Körper genügend Zeit zum Regenerieren lassen. Versuch einfach, nur zwischen zwölf und achtzehn Uhr Kohlenhydrate zu dir zu nehmen. Natürlich auch nicht in Hülle und Fülle. Aber schon so, dass du satt wirst – Reis, Kartoffeln und so weiter. Und morgens und abends halt nur Gemüse und Eiweiß. Das ist der ganze Trick. Da nimmst du automatisch ab.«

»Wie ist es mit Bier?«, fragte Quirin, der die Lösung all seiner Probleme greifbar nahe vor sich sah.

»Auf Alkohol musst du natürlich komplett verzichten, wenn du abnehmen möchtest«, erklärte Afrodite.

Plopp, da zerplatzte für den Bierliebhaber Quirin ein

weiterer Diättraum wie eine Seifenblase. Inzwischen hatte er gesehen, dass Hans Josef bei Herbert Dollek am Tisch Platz genommen hatte. Letzterer hatte sein Telefonat beendet.

»Bitte verzeihen Sie, ich hab noch eine Verabredung«, bat Quirin um Entschuldigung.

»Kein Problem«, feixte die Transvestitin und nahm einen Schluck von ihrer Weinschorle. Quirin warf ihr einen letzten Blick zu, bevor er umständlich von seinem Barhocker aufstand und auf Dollek und Hans Josef zusteuerte.

»Aaah, da is ja besagter Sahnefreier!«, flötete Dollek. »Setz dich doch!«

Quirin nahm Platz, und Helmut Dollek wandte sich an Hans Josef.

»So, dein Kollege möchte auch ma büschn reinschnubbern in Herberts Blumenwiese? Ja?«

Er schaute zu Quirin.

»Ähm, ja«, bestätigte dieser.

»Wie heißt er denn?«

»Quirin.«

»Quirin! Und Hans Josef. Nich?«

»Richtig«, sagte Hans Josef.

»Wollter erst mal ein zwitschern? Ich geb ein aus! Bierchen? Bierchen?«

Beide nickten.

»Zwei Pils!«, rief Dollek in Richtung der Bar, bevor er sich wieder seinen Gästen zuwandte. »Das is zum Beispiel auch der Unterschied zu irgendwelchen Daddelbuden ohne Niveau und ohne Herz und Verstand. Du komms da teilweise irgendwo hin, bestellst dir ’n Campari Soda, hast noch nich mal die Mudder aufm Schoß und sollst schon fünfundzwanzig Euro ablatzen, das sind Freudenhauspreise. Bei uns is das eher moderat, und wenn man für, sach ich mal, gewisse Dienstleistungen bereit is, auch die entsprechende Kohle auszugeben, zieh ich meine Spendierhosen so schnell nich aus.«

Die Barfrau servierte die Getränke.

»Prouss! So, was kann ich euch denn heude Gutes tun?«

»Also, wir wollten was Privates fragen«, sagte Hans Josef.

»Oh«, sagte Herbert, der witterte, dass nun irgendetwas Unerwünschtes folgen würde. »Was Privates? Na dann schieß ma los!«

»Ein Freund von uns«, log Hans Josef, »ist verschwunden. Er ist oft im Rotlichtmilieu unterwegs. Wir würden gern wissen, ob es ihm gut geht und wo er ist. Vielleicht könntest du uns weiterhelfen.«

»Na ja, die Szene is groß, das kommt drauf an, wo …«

»Sagt dir der Name AMO etwas?«

Herbert verschluckte sich beinahe an seinem Drink, räusperte sich dann einige Male, weil er etwas Flüssigkeit in die Luftröhre bekommen hatte, und antwortete anschließend mit heiserer Stimme: »Nie gehört, den Namen. Wie heißt das?«

»AMO.«

»Sorry. Kann ich nix zu sagen.«

Die beiden Ermittler merkten an der schlechten schauspielerischen Darbietung sofort, dass Herbert log, bis sich die imaginären Balken um ihn herum bogen.

»Gut«, fuhr der Zuhälter nun in nüchternem Ton fort. »Zurück zum Geschäft. Was habt ihr euch vorgestellt? Schön die klassische Nummer mit paar netten Hasen? Oder wollt ihr ...«

Die Tür wurde aufgerissen, und zwei Polizeibeamte – ein Mann und eine Frau – mit schwarzen Lederjacken kamen herein. Sie gingen auf die Bardame zu. Herbert war in Windeseile aufgestanden und von den Beamten unbemerkt durch eine Tür neben den Toiletten verschwunden, noch bevor die Polizistin der Bardame die Frage »Wissen Sie, wo der Herbert Dollek ist?« stellen konnte.

Überrascht sahen Hans Josef und Quirin sich an. Jetzt hatten sie Gewissheit: Dollek war ein wichtiger Stein im Mosaik und hatte gefühlsmäßig hundertprozentig etwas mit der mysteriösen AMO-Sache zu tun. Jedenfalls schien ihm die Polizei auf den Fersen zu sein. Es folgte eine Befragung sämtlicher Anwesenden. Der Vorgang dauerte aber nicht lang, denn die Tänzerin mit dem Afro gab unbedarft den Hinweis, dass Dollek noch vor Kurzem hier gewesen sei, beim Anblick der Beamten jedoch fluchtartig den Raum verlassen habe. Die beiden Uniformierten sprangen natürlich sofort wie aufgescheuchte Hühner auf und zückten auf dem Weg zu ihrem Streifenwagen hektisch die Diensthandys. Vermutlich leiteten sie gerade eine Großfahndung ein.

Die beiden Privatermittler tranken in aller Ruhe ihr Pils aus und gingen zu Fuß nach Hause.

»Ich bekomm nachher noch Besuch«, erklärte Quirin.

»Oha«, merkte Hans Josef auf. »Etwa von zwei Damen aus Rumänien?«

»Richtig. Die eine ist eine Hündin, aber süß sind sie beide.«

»Wenn ich nicht zufällig auch Besuch bekommen würde, tät ich mich ja freuen, wenn du mir die beiden mal vorstellen würdest.«

»Da ergibt sich bestimmt mal eine Gelegenheit.«

21. Kapitel

»Schön haben Sie's hier«, sagte Violetta. »Originell, gemütlich und geschmackvoll.«

»Danke«, freute sich Hans Josef, während er ihr den Mantel abnahm. »Möchten Sie etwas trinken?«

»Gern. Wie wär es, wenn wir du zueinander sagen?«

»Das wäre ganz fabelhaft. Willst du ein Glas Wein?«

»Lieber einen Saft oder einfach ein Wasser.«

»Ich hol dir was.«

»Dank dir. Oder warte, doch lieber einen Rotwein! … Weißt du eigentlich, dass hier bei dir im Haus ein Kunde von mir wohnt?«

Hans Josef sah erschrocken zu ihr rüber.

»Wie? Etwa der Quirin?«

»Nein, er heißt Hartl. So ein Kleiner mit Bärtchen.«

»Oh. Das ist mein Vermieter!«

Das war Hans Josef gar nicht recht. Einen Zusammenhang mit Herrn Hartl war das Letzte, was er jetzt brauchte. Hoffentlich hatte der nichts mit der Sache zu tun, dachte sich der Meisterdetektiv beklommen.

»Ja, ich hab mich an die Adresse erinnert, er hat sich mal ein Taxi bestellt, während ich daneben stand. Und manchmal möchte die Taxizentrale die Zieladresse wissen. Der ist oft bei uns im Pink Bunny Club. Ich darf das ja eigentlich nicht sagen, wir unterliegen wie Ärzte und Geistliche einer Schweigepflicht, aber in unserem konkreten Fall gelten ja andere Gesetzmäßigkeiten, nicht wahr?«

»Das ist richtig. Als meine Mandantin bist du von deiner Schweigepflicht entbunden.«

»Glaub ich auch. Der ist gut, der Wein.«

»Danke, ja, den kauf ich immer bei so einer Weinhandlung, da kann man den vorher probieren. Ich mag es, wenn der Wein fruchtig schmeckt.«

»Schmeckst du auch fruchtig?«

»Möchtest du es rausfinden?«

»Natürlich.«

Die Nacht wurde noch äußerst delikat. Für beide. Nach einigen schönen Stunden schlief Violetta ganz ohne Albträume und innere Unruhe an Hans Josefs Brust ein, während dem noch einige Zeit die Geschehnisse dieses ereignisreichen Montags durch den Kopf schwirrten. Aber auch er schlummerte irgendwann ein und träumte von zwei nackten Polizistinnen, die einen auf dem Bauch liegenden, dicken und ebenfalls unbekleideten Mann gelangweilt mit kümmerlich wirkenden Lederriemen peitschten. Dazu flüsterten sie unentwegt: »Amo. Amo.«

22. Kapitel

Verständlicherweise wachte Hans Josef nach diesem sonderbaren Traum früher auf als sonst, sodass er seinen Wecker ausstellen konnte und Violetta nicht mit dem unerfreulichen Klingelton konfrontieren musste. Sie sah so zart und unschuldig aus, wie sie da schlief mit ihren schmalen Schultern, dem hellblonden, feinen Haar, dem entzückenden Näslein, den wunderschön geschwungenen Lippen und diesem betörenden Duft nach Unschuld und Verlangen. Hans Josef war glücklich. Er zog seinen Morgenmantel an, schlüpfte in den Flur, schloss die Schlafzimmertür und ging ins Büro. Das mobile Festnetztelefon blinkte. Er drückte auf das Symbol für die Sprachbox. Die neue Nachricht war erst vor zwanzig Minuten draufgesprochen worden und stammte von Natasha, jener Prostituierten, die den Suizid des Braumeisters Barnabas Pitschka miterleben musste.

»Hallo, hier Natasha, glaube, Violetta hat schon erzählt. Ich komme nicht wie erwartet nach München nächste Zeit. Bleibe Ungarn. Aber bitte kurz Rückruf. Danke. Zuss.« Piep.

Wenn sie so früh anrief, war sie bestimmt schon lang wach und man konnte sie ohne Bedenken zurückrufen. Hans Josef drückte die Wiederwahltaste.

»Hallo?«, meldete sich kurz darauf eine weibliche Stimme.

»Hallo? Natasha?«, rief Hans Josef Strauß.

»Ah, gut, dass rufen zurück. So, ich wollte sagen, dass ich bleibe noch in Ungarn. Gerade zu viel Stress für mich. Aber ich kann vielleicht erzählen, wie war mit Kunde. Vielleicht ich kann helfen.«

»Ja, bitte. Jeder Hinweis ist nützlich für uns.«

»Gut. Also, der Pitschka ist oft gekommen zu mir. Auch diese Mal, aber er war gar nicht nervös wie manchmal. Diese Mal er war ganz entspannt. So, als würd sich freuen auf Sex. Aber er hat in Wirklichkeit gefreut auf Tod. Sehr kranke Mann in Kopf diese.«

»Ja, da stimme ich Ihnen voll und ganz zu.«

»Er mir gemacht viele Probleme mit diese Sache. Ich immer unruhig und scheise alles. Normalerweise ich verfluche niemanden. Aber in diese Fall ich sage: Familie von die Pitschka soll nächste Jahre mache miese Ernte. Und Galoschen von seine Vater sollen sein voller Risse und Flecken!«

»Hm. Alles klar, dann danke ich für das nette Telefonat und die interessante Information. Wenn Ihnen noch irgendetwas anderes einfällt, rufen Sie mich gerne jederzeit an. Schöne Grüße nach Ungarn!«

»Danke, bis dann. Ciao.«

Sie legten auf.

Hans Josef versuchte, sich zu erklären, wie man solch eine Vorfreude auf seinen eigenen Tod verspüren konnte. In der Zeitung hatte gestanden, dass alle drei Verstorbenen außer dem Zyankali so gut wie nichts im Magen und im Blut hatten, also weder Drogen noch Alkohol im Spiel waren, geschweige denn feste Nahrung. Sie waren wie vor einer Operation nüchtern gewesen, vermutlich damit das Gift optimal wirkte. Und auch die Vorgehensweise war nahezu identisch. Er konnte also davon ausgehen, dass den Selbstmorden ein System zugrunde lag, ein vorgegebenes Ritual, irgendwelche Regeln. Nur war das Einzige – und das Entscheidende –, was fehlte, das Motiv. Selbstmörder mit religiösem oder moralischem Hintergrund hinterlassen in der Regel eine Botschaft, einen Brief, ein Bekennerschreiben, einen Nachruf. Hier aber: nichts. Hans Josefs Gedanken kehrten zu der rätselhaften Abkürzung zurück, die Pitschkas Bruder herausgerutscht war: Was bedeutete AMO? War es nur eine falsche Fährte, auf die Pitschkas Bruder sie lenken wollte? Gab es einen Drahtzieher, der das Geschehen lenkte, so wie Doktor Mabuse, der seine Untergebenen hörig und willenlos macht und sie, wenn er sie nicht mehr braucht, in den Tod schickt?

Hans Josef spürte, dass er mit diesen Fragen im Moment nicht weiterkam, also schaltete er seufzend das Frühstücksfernsehen ein. Angesichts ihrer Schlichtheit erheiterte diese völlig antiquierte Form der Morgenunterhaltung ihn regelmäßig und inspirierte ihn zu kühnen Gedankengängen. Gerade interviewte die Moderatorin den Fraktionsvorsitzenden der Grünen. Es ging um Sozialleistungen, und Hans Josef hatte den Eindruck, jemand hätte die Geschwindigkeit von Bild und Ton gedrosselt, so träge, wabernd und unmotiviert kam das Gespräch in seinem

Büro an. Und schon geriet er wieder ins Grübeln. Violetta hatte gesagt, dass sein Vermieter Hartl häufig Gast in ihrem Club gewesen war. Man sollte ihn dringend befragen. Leider hatte Hans Josef nicht das beste Verhältnis zu ihm, aber Quirin, der ja bereits seit Urzeiten im selben Haus wohnte, würde sicher mit ihm sprechen können. Hans Josef sah auf die Uhr. Es war 8 Uhr 58. Schon noch ziemlich früh, gerade weil Quirin ja Besuch hatte. Er könnte erst duschen gehen und dann bei seinem Freund anrufen. Doch da ertönte aus den Lautsprechern seines Fernsehers die vertraute kurze Titelmelodie von *heute express*, den Blitznachrichten des ZDF. Der Sprecher berichtete mit ernster Miene: »Im Fall der Selbstmorde im Rotlichtmilieu hat sich ein weiterer Suizid ereignet. Es handelt sich um den bekannten Münchner Arzt Heribert Debreczin, der sich ebenfalls im Beisein einer Prostituierten das Leben nahm. Die Polizei sucht daher dringend nach dem Zuhälter Herbert Dollek, der vermutlich als wichtiger Zeuge aussagen könnte und sich seit Kurzem auf der Flucht befindet. Zuletzt wurde er mit einem Wanderrucksack und einem Spazierstock im Raum Regensburg gesehen. Sachdienliche Hinweise bitte an jede Polizeidienststelle.«

Im Hintergrund wurden ein nicht allzu aussagekräftiges Foto von Dollek sowie ein nachgestelltes Stillleben mit einem Rucksack und einem Wanderstab eingeblendet. Darunter stand: »Abbildung ähnlich.«

Hans Josef fragte sich verdutzt, warum Dollek wohl Rucksack und Stab mit sich führen sollte, was ja bei einer

Flucht zum einen hinderlich und zum anderen sehr auffällig wäre. Es half alles nichts, er musste Quirin vor dem Gang zur Dusche anrufen. Hans Josef griff erneut zum Telefon und wählte.

»Äh … hallo?«, stammelte Quirin, der sich offensichtlich Sekunden zuvor noch im Tiefschlaf befunden hatte.

»Ja, Quirin, ich bin's! Pass auf! Bist du aufnahmefähig?«

»Ach, du. Ja, ja, red ruhig.«

Im Hintergrund hörte Hans Josef Kichern und Rascheln.

»Also, ein paar Punkte. Ich hab mit der Ungarin, der Natasha, telefoniert, und die hat angegeben, dass der Braumeister, also der Bruder vom Betonmischer, vor seinem Tod auffällig munter und entspannt war. Nur so als Randnotiz. Es gibt außerdem einen weiteren Selbstmord, diesmal ein Promi, und zwar dieser komische Schönheitschirurg, der manchmal in der Boulevardpresse erwähnt wird. Doktor Käsekrain oder …«

»Was? Doktor Debreczin?«, fragte Quirin völlig verdutzt.

»Ja, genau! Doktor Debreczin. Ein sonderbares Völkchen, diese Menschen im Milieu. Also, normal ist da keiner.«

»Doktor Debreczin«, murmelte Quirin, nach wie vor irritiert. »Des hätt i jetz ned denkt, der hat immer so harmlos gewirkt. Dem hätt ich eher den Abschluss eines Bausparvertrags zugetraut als einen Suizid bei einer Nutte.«

»Tja. Aber die Polizei sucht den Dollek, im Fernsehen haben sie grad ein Bild von ihm gezeigt, damit die Bevölkerung mithilft.«

»Das ist aber auch ein bisserl übertrieben«, gähnte Quirin. »Weil der ist ja lediglich ein Zeuge. Er hat schließlich keinen umgebracht, das haben die ja alle ohne seine Hilfe hinbekommen.«

»Stimmt. Die Meldung war schon merkwürdig. Angeblich ist der mit Rucksack und Wanderstock unterwegs. Das haben sie auch betont. Völlig verdreht, um diese Jahreszeit laufen Tausende Leute mit Rucksack und Wanderstock herum, grad bei uns in Bayern. Der dritte und wichtigste Punkt ... Äh, was?«

Quirin flüsterte irgendetwas zu seiner Besucherin.

»Kannst du bitte kurz zuhören, Quirin!«, polterte Hans Josef. »Das ist jetzt wirklich wichtig!«

»Ja, i hör scho zu.«

»Die Violetta kennt den Hartl ausm Puff. Also unseren Vermieter.«

Da fiel Quirin sein eigenes Erlebnis mit Hartl im Ruhebereich des FKK-Clubs ein. Er hatte völlig versäumt, Hans Josef davon zu erzählen.

»Ich hab den neulich fei, glaub ich, auch gesehn! Bei meinen Ermittlungen in dem Saunaclub.«

»Super, wieso erfahr ich des erst jetzt? Wir brauchen grad wirklich jeden Anhaltspunkt. Also los, raus aus den Federn! Versuch du, den Hartl zu erwischen, der kann uns bestimmt einige Fragen beantworten oder hat was beobachtet.«

»Ich weiß nicht, das ist dem doch sicher peinlich ...«

»Los, stell dich nicht so an. Wenn er einem was erzählt, dann dir.«

»Ja, is guad.«

Und Quirin hielt tatsächlich Wort. Zehn Minuten später klingelten er und Hans Josef bei Hartl. Seine Frau war seit einiger Zeit ausgezogen, und er wohnte allein. Sie hatten Glück, er war schon wach. Umständlich sperrte er sein kompliziertes Sicherheitsschloss auf.

»Ja, meine Herren, was verschafft mir die Ehre in aller Herrgottsfrüh?«

»Guten Morgen, Herr Hartl«, sagte Quirin, »wir müssen Sie was fragen. Es ist allerdings ein bisserl intim.«

»Intim, sagen Sie? Was gibt es denn so Intimes, das Sie mich fragen wollen?«

»Ich hab Sie vor ein paar Tagen im Saunaclub gesehen.«

»Oh … ja, äh … da …«

»Und wir wissen«, warf Hans Josef ein, »dass Sie auch regelmäßig im Pink Bunny Club waren.«

Hartl schaute drein, als hätte man ihm die schlimmste Hiobsbotschaft des Universums überbracht. Als hätte man ihn überführt. Ihm sein Liebstes genommen. Ihm nach wochenlanger Folter den bevorstehenden Gang zum Schafott mitgeteilt.

»Herr Hartl, das ist ja alles kein Problem«, versuchte Quirin, seinen Vermieter zu beruhigen. »Wir haben alle unsere Geheimnisse. Es geht darum, dass Sie uns vielleicht in einem verzwickten Fall weiterhelfen können.«

Hartl war noch immer wie versteinert. Er atmete kaum und hatte den Mund zu einem schmalen Strich zusammengekniffen.

»Kommen's bitte rein«, flüsterte er.

In seinem Wohnzimmer fing er an zu sprechen.

»Also, Folgendes. Ich kann mir schon denken, von welchem Fall hier die Rede ist. Es stimmt. Ich bin mittlerweile ein ziemlich leidenschaftlicher Puffgänger geworden. Da ist ja auch nichts dabei, das machen viele. Jetzt aber ein kleiner pikanter Zusatz: Ich war am Tag, als der Unternehmensberater, also der erste Selbstmörder, sich umgebracht hat, gerade mit einer Dame im selben Stockwerk. Ich wollte auf keinen Fall von Polizisten oder Zeitungsmenschen bemerkt werden, das wäre mir viel zu peinlich gewesen. Wenn ich gewusst hätte, dass Sie in die Ermittlungen involviert sind, hätt ich Ihnen schon lang davon erzählt. Also, es gibt gewisse Internetforen, auf denen sich Bordellbesucher austauschen. Über eines dieser Foren bin ich vor längerer Zeit auch auf den Pink Bunny Club aufmerksam geworden. Da werden die Räumlichkeiten, die Damen, das Ambiente, die Preise und so weiter bewertet. Und in dem Forum hab ich dann den Verstorbenen kennengelernt, sein Name war Marc Heidkamp. Wir haben uns ein paar Mal in einem Wirtshaus am Hauptbahnhof getroffen und uns über unsere Erfahrungen ausgetauscht. Der Heidkamp war übrigens neben seinem guten Verhältnis zum Pink Bunny Club auch eng mit dem Betreiber des FKK-Clubs befreundet.«

»Wie heißt der?«, fragte Quirin.

»Magnus Fürst.«

»Fürst. Äh, ich glaub, den Namen kenn ich … Ah, genau, ich hab zufällig ein Bewerbungsgespräch mit angehört, das der Herr Fürst geführt hat. Gesehen hab ich ihn nicht, aber die Stimme war sehr einprägsam.«

»Sagt Ihnen der Name Dollek etwas?«, wollte Hans Josef nun wissen.

»Nein.«

»Wirklich nicht?«

»Nein.«

»Wie heißt denn das Lokal am Hauptbahnhof, in dem Sie mit dem Heidkamp waren?«

»Rechthaler Hof.«

»Sehr gut, vielen Dank, Herr Hartl, da haben Sie uns schon ziemlich weitergeholfen.«

23. Kapitel

»Wir müssen unbedingt mit diesem Fürst sprechen«, sagte Hans Josef, als er und Quirin ihre beiden Besucherinnen verabschiedet hatten und mit Quadrophenia eine kleine Runde Gassi einlegten. Sie zog wie ein Schlittenhund an ihrer Leine und keuchte dabei wie besessen.

»Ich hab die Stella vorhin noch gefragt, sie sagte, den Fürst bekäme man nie zu Gesicht, und er sei auch nur selten im Club.«

»Hm. Was machen wir dann?«

»Schauen wir uns doch mal ein bisschen im Rechthaler Hof um.«

»Gute Idee.«

Leider hatte der Rechthaler Hof eine geschlossene Firmenveranstaltung und machte an diesem Tag erst um vierzehn Uhr auf, bis dahin war es noch über eine Stunde Zeit.

»Ich hätt Hunger«, brummte Quirin.

»Ich auch. Immer«, bestätigte Hans Josef. »Wie wär's mit dem asiatischen Imbiss da vorn?«

»Okay.«

Sie nahmen in dem kleinen Fast-Food-Restaurant in der Arnulfstraße, direkt am Münchner Hauptbahnhof, Platz. Ein hektischer Asiate brachte die Speisekarte.

»Bekommt man hier um diese Uhrzeit schon das Mittagsmenü?«, fragte Hans Josef Strauß.

»Ja, Mittagmanü gib schon.«

»Sehr gut. Ich hätte gerne einmal das Hühnerfleisch mit Bambussprossen und Gemüse ...«

»Ja, Nummer funfunswansish.«

»Äh, ja, genau, die fünfundzwanzig, und dazu eine Wantansuppe.«

»Laida Mittagmanü gibs nur Tagesuppa.«

»Ah, und was ist heute Tagessuppe?«

»Süsauer.«

»Ist das mit Fleisch?«

»Ist mit alle Reste von die letzte Tage. Hahahahaha.«

»Wie bitte?«

»Hahaha, nur Spaß mache. Ist ganz frisch von heut. Koch immer mach alle frisch für unsere Gäste.«

»Guad«, sagte Quirin. »I hätt gern die große Nudelsuppe mit Hühnerfleisch. Und zum Trinken an grünen Tee.«

»Gut. Grün Tee. Ja.«

»Und für mich eine Mangoschorle.« Das war Hans Josefs alkoholfreies Lieblingsgetränk.

»Leida Mangoschorle aus. Hab nur Afelshorle oder Lidschi.«

»Dann Litschi.«

»Gut. Mögden Sie hören etwas Musik?«

»Musik? Ja, gerne. Wie wäre es mit etwas Klassischem?«, schlug Quirin vor.

»Leida gibs nur asiatische Musik oder Bangkok.«

Die beiden Detektive sahen sich an.

»Bangkok?«, wunderte sich Hans Josef. »Ist das eine Musikrichtung?«

»Ja, sehr gut Musikrichtung. Komm von Großbritannien.«

»Aus England? Und die Richtung heißt Bangkok?«

»Nig Bangkok. Punk Rock.«

»Oh. Na gut, können Sie gern spielen«, sagte Quirin.

»Noch etwas«, hakte Hans Josef nach. »Ist das Essen hier mit Glutamat?«

»Nein, is ohne Glutamat alle.«

»Könnte ich es bitte mit Glutamat haben? Ich mag den Geschmack von Glutamat so gern.«

»Laida ohne Glutamat alle.«

»Jetzt hab ich auch einen Spaß gemacht. Natürlich ohne Glutamat.«

»Hahaha, auch Spaß mache. Hahaha.«

»Äh, nur kurz noch eine ernst gemeinte Frage. Wie heißt denn das Mittagsgericht, das ich bestellt habe?«

»Huhnerfleisch mit Bambus und Gemuse.«

»Ja, aber wie sagt man dazu bei Ihnen?«

»Huhnerfleisch mit Bambus und Gemuse.«

»Nein, wie nennt man es bei Ihnen? Intern?«

»Bei uns heißt Nummer funfunswansish.«

Nachdem sie ihr relativ schmackhaftes Essen verzehrt und eigenartiger Punkrockmusik gelauscht hatten, bezahlten Hans Josef und Quirin und gingen in den Rechthaler Hof.

Wie es ihre Art war, gaben sie sich nicht als Detektive

zu erkennen, sondern benahmen sich wie normale Gäste – allerdings in der Hoffnung, zufällig etwas zu erlauschen oder durch geschicktes Fragen herauszufinden. Obwohl erst seit zehn Minuten geöffnet war, war das Lokal bereits hübsch gefüllt. Sie nahmen neben zwei angeregt plaudernden Herren Platz, die Bier aus einer Art Weingläsern tranken.

»Du, hör ma«, sagte der eine, sehr dünne und große Mann mit fränkischem Akzent. »Gibt's do eigentlich a a normales Bier oder nur so a gomisches Draft?«

»I glaub des hoaßt Craft«, antwortete der andere, ein relativ junger und beleibter Mann mit oberbayrischem Dialekt und einer tiefen rauchigen Stimme.

»Naa, du, erzähl mer doch hier kann Stuss, Grrafft, Grrafft, a Grrafftbier is vielleicht a Malzbier oder so, aber hier, des is doch mit irgendwelchn günstlichen Aromastoffm angreichert, do, ich will einfach nur an Durschtlöscher und ned irgenda gschpreizde Blörre.«

»Ja, i mag des aa ned, aber i glaub, dass des der Hopfen is, den ma halt mit irgendwelche x-beliebigen andere Pflanzen kombinieren kann in der Zucht.« Nach einem kurzen Moment der Stille fuhr der Oberbayer fort: »Du, woaßt was, es gibt jetz a für Männer an Dschampsjut.«

»Aha. Was issn des?«

»Des is a so a leichts Sommergwand aus oam Stück. Relativ kurz, sodass die Fiass Luft kriang. Sehr angenehm.«

»Und wie sieht so a Dschamp Swiet aus?«, fragte der Franke und nahm einen Schluck von seinem Craft-Bier.

»Vorn schauts aus wiara Rock, des is ganz raffiniert,

aber in Wirklichkeit is hinten zamgnäht, sodass vo hint ausschaut wiara, äh… oiso ehrlich gsagt is des schwer zum Beschreiben…«

»Vielleicht wie Hotpants?«

»Naa, des warad vui zu sexy. Ned Hotpants, sondern eher a bisserl infantiler, wiara Kinderhosn, fast so wiara Strampelanzug.« Die Augen des dicken, unbehaarten Oberbayern glänzten verträumt.

»Aha«, zeigte sich der Franke recht unbeeindruckt.

»Des is eigentlich für Frauen erfunden worden«, fuhr der andere fort, »aber des gibt's jetz halt aa für Männer wia mi, di ned an ganzen Tag lüstern oglotzt wern woin, sondern eher a bisserl was Kindliches ausstrahlen. Was Unschuldigs.«

»I waas nett – ob des bei dir funktioniert?«

»Glaub i scho. I hab mir jetz so oans kauft und hab des scho aa paar Mal anghabt. Du, da wirst auf der Straß von die Frauen vui mehra respektiert. Die sehn di dann als a schutzbedürftiges Wesen o und ned wia sonst nur als a reines Sexsymbol.«

»Aso.«

»Des oanzig bläde an dem Jumpsjut is, wennst aufs Klo muasst.«

»Wieso?«

»Ja, des ist ja wia xagt aus oam Stück gmacht. Und so muasst du hoit ois ausziang, wannst Lulu macha wuist. Und des is recht umständlich, grad in öffentliche Toiletten, weilst du dann halt splitternackert neben die anderen am Pissoir stehst.«

Hans Josef und Quirin ließen sich nur widerwillig von dem amüsanten Gespräch ablenken, als die Bedienung kam. Sie bestellten beide Johannisbeerschorle.

»Hör mal«, lenkte der Franke das Gespräch jetzt wieder auf das Bier. »I sag der ganz ehrlich, des is mir scheißegal, was des für a Hopfn is, von mir aus könnens des Bier auch ohne Hopfen machn, du, Hauptsach, es hat a Kohlensäure, löscht mein Brand und is schö kalt, do, die gönn mich mal am Arsch leggn mit ihrem Hopfen da.«

»Des is mittlerweile a Wissenschaft für sich, da werd sauber rumgforscht, hab i kört.«

»Da sollns halt forschen, solangs ned überall so a sonderbars Zoich ausschengn, du, verstehst, was brauch ich a Bier, was nach Abrigose schmeckt oder nach Vanille, des is doch a Verarschung. Do, es nächste Mal bstellst dir a Wasser, und dann schmeckt des nach Ringlblumen oder was.« Angewidert tat der Franke einen sehr tiefen Schluck.

»Des kann durchaus no kommen«, tat es ihm der Oberbayer gleich.

»Da mach i vorher aber an Aufstand, du.«

»Woasst, i bin da relativ schmerzfrei, bei mir is wichtig bei am Bier, dass gscheit knallt, weil ich des Bier ned nur wegam Durscht sauf, sondern auch wegam Rausch.«

»E schöner Bierrausch is ja auch was Großartigs.«

»Logo. Is as Beste. Da dad i auf manches verzichten. Auf Sex, auf Kino, auf Schoklad, auf Nikotin, auf Kokain, auf Speed, auf Marihuana, auf Ecstasy, auf Christal Meth …«

»Du horchamal, i sag der ganz ehrlich, ich verzicht auf

gar nix, do, stell mer a vernünftigs Bier hin, dann bin ich zufrieden, do.«

»Eben. Ja, aber bei mir is halt aa die Menge ausschlaggebend.«

»Die Menge, do, was kommst mir jetz mir der Menge, do?«

»Es muss halt aa a gewisse Menge vorhanden sei. Weil manchmal möcht i einfach *vui* Bier tringa, ned nur da fünf, sechs Halbe, sondern ab und zu halt *wirklich* vui.«

»Na ja, also, mir langen oft scho drei Halbe.«

»Drei Halbe?«, kicherte der haarlose Oberbayer heiser. »Soi i di auslacha? Drei Halbe, du, die sauf i dir *vorm* Aufstehn. Woaßt, i kann ja ungefähr sieben Prozent vo meim Körpergewicht an Lebensmitteln zu mir nehma, oiso egal ob feste Nahrung oder flüssige.«

»Sieben Prozent, des hört sich ordentlich an, do.«

»Und i muass nur alle drei Liter zum Pieseln. Des solltens amoi nachmacha, die feinen Herrschaften im Showbusiness und der Politik. Die ganzen Barackenelvise!«

»Apropo, i muss auchamal aufs Häuserl. Hey, hoffentlich duftet mei Pipi jetz ned nach Abrigose oder Hagebudde.«

Hans Josef hatte den Atem angehalten. Der kräftige Mann mit der versoffenen Stimme hatte gerade das Wort »Barackenelvis« benutzt. Diesen Ausdruck hatte er vor wenigen Tagen das erste Mal in seinem Leben gehört – und er erinnerte sich genau, von wem.

»Entschuldigen Sie«, sprach er den gedrungenen Burschen sogleich an. »Darf ich Sie mal was fragen?«

»Logo.«

»Sie haben gerade den Begriff ›Barackenelvis‹ benutzt. Den kenn ich sonst nur von einem Bekannten. Vielleicht kennen Sie ihn auch? Sein Name ist Herbert Dollek.«

»Freile kenn i an Bertl, der oide Schnoin-Dandler. Ihr seids aber koane Bullen oder so?«

»Nein.«

»Guad. Weil der is irgendwie ausbüxt, den suachans grad überoi.«

»Ja, wissen wir. Uns interessiert auch, wo er ist.«

»Mei, i kenn an Dollek aus Hamburg, wo i lang auf Montasche gearbeitet hab. Na hammer uns aa ab und zu in München troffen. Zuletzt wollt er mich vor etwa einem halben Jahr zu am total merkwürdigen Seminar in einem leer stehenden Wirtshaus in der Nähe von Starnberg lotsen. Des is mir aber spanisch vorkemma, da bin i ned mitgfahrn.«

»Wo hätte denn das stattfinden sollen, das Seminar?«

»Mühlthal bei Starnberg, in dem ehemaligen Gasthaus am stillgelegten Bahnhof. Ich weiß es, weil der Dollek da öfters hingefahren ist. Der ist da irgendwie mit komischen Leuten in Berührung gekommen.«

»Was für komische Leute?«

»Ja, die von dem Seminar halt. Das hat sich alles so a bisserl nach Gehirnwäsche angehört. Und wenn i mei Gehirn wasch, dann mit Bier und Schnaps. Höhö.«

»Genau, so kört si des«, sagte Quirin. »Dann schauen wir mal, ob wir den Herbert irgendwo treffen.«

»Wennsn sehts, sagts an schönen Gruß!«

»Mach mer!«

24. Kapitel

Die beiden Polizeibeamten Scherghuber und Stubner drückten auf die Tube. Es war Dienstagnachmittag gegen 17 Uhr 15. Soeben hatte sie ein Einsatzbefehl erreicht. Die Mitarbeiterin einer Pension in der Nähe von Donaustauf im Raum Regensburg hatte sich gemeldet. Ein Mann – vermutlich Herbert Dollek – sei mit einem auffälligen Spazierstock samt Wanderrucksack bei ihnen untergekommen und halte sich jetzt gerade in seinem Zimmer auf.

Die beiden Beamten hielten mit quietschenden Reifen vor der Pension und stürmten zur Rezeption. Die Mitarbeiterin stand schon bereit.

»Zimmer acht«, flüsterte sie ihnen zu. »Im ersten Stock.«

Polternd rannten die Polizisten die Treppenstufen hinauf und fanden in Windeseile das betreffende Zimmer. Polizeiobermeister Scherghuber klopfte entschlossen an die Tür.

»Herr Dollek! Machen Sie auf! Herr Dollek! Hören Sie mich?«

Keine Reaktion. Scherghuber klopfte erneut. Diesmal noch energischer.

»Herr Dollek! Hier ist die Polizei! Machen Sie auf.«

Hinter der Tür knackte und knarrte es, dann ertönte eine brüchige Stimme: »Zu wem wollen Sie?«

»Zu Herrn Dollek! Los, Herr Dollek, öffnen Sie!«

»Den gibt's hier nicht! Gehen Sie bitte weg. Ich möchte mich ausruhen.«

»Machen Sie sofort die Tür auf, Herr Dollek. Das ist unsere letzte Warnung!«

»Falsche Adresse. Ich kenne keinen Dollek. Ich öffne Ihnen nicht. Scheren Sie sich zum Teufel!«

Die beiden Beamten beratschlagten sich leise.

»Soll ich den Schlüssel holen?«

»Nein, am Ende türmt der noch. Ich schieß die Tür auf.«

»Gut.«

Scherghuber öffnete den Druckknopfverschluss seines Halfters und zog die Dienstwaffe heraus.

»Herr Dollek! Wir kommen jetzt rein!«

Er entsicherte die Waffe und schoss auf das Schloss. Dann rammte er seine Schulter gegen die Tür, die zwar leicht nachfederte, doch nach wie vor verschlossen blieb. Der Polizist wuchtete seinen Körper erneut gegen die Tür und brach das Schloss damit hörbar heraus, trotzdem ging die Tür nicht auf, weil der Mann sich von innen mit Leibeskräften dagegenstemmte. Nun hatte auch Stubner seine Waffe gezogen. Trotz der großen Kraftanstrengung des Pensionsgastes waren die beiden Beamten stärker. Gewaltsam verschafften sie sich Einlass. Der Mann, der durch die Wucht ins Schwanken geraten war, schnappte sich einen länglichen Gegenstand und richtete ihn auf die beiden Polizisten. Sofort eröffneten diese das Feuer und töteten ihn mit neun Schüssen.

In der Pressemitteilung der Polizei Regensburg stand später:

> Irrtümlich haben am späten Nachmittag des heutigen Tages zwei Polizeibeamte einen Wanderer erschossen. Sie hielten ihn für den gesuchten Münchner Bordellbetreiber Herbert Dollek. Bei dem Getöteten handelt es sich um Mark Torben Reuters, Vorsitzender des Wandervereins Lage/Lippe, der zufällig einen Hut, einen Rucksack und einen Wanderstock bei sich hatte und ausgedehnte Wanderungen unternahm. Von einem größeren Ausflug in seine Pension zurückgekehrt, hatte er sich aufs Bett gelegt, um sich vor dem Abendessen noch etwas auszuruhen. Als an seine Tür geklopft wurde, fühlte er sich vermutlich gestört und ging aller Wahrscheinlichkeit nach von einem Überfall aus, vor allem, als einer der Beamten das Türschloss durch einen Schuss aus der Dienstwaffe zu öffnen versuchte. Er stemmte sich gegen die Tür, dennoch verschafften sich die Beamten Einlass. Da zückte er seinen Spazierstock gegen die Eindringlinge, den diese im Eifer der Situation für ein auf sie gerichtetes Gewehr hielten und ohne zu zögern erneut von der Schusswaffe Gebrauch machten. Bedauerlicherweise ist Reuters durch dieses Missverständnis ums Leben gekommen.

25. Kapitel

Um keine Zeit zu verlieren, nahmen Quirin und Hans Josef ein Taxi, direkt vom Rechthaler Hof aus. Der Fahrer war ein mürrischer Bayer, der ein bisschen aussah wie Gustl Bayrhammer in *Meister Eder und sein Pumuckl.* Er trug einen grauen, gezwirbelten Schnurrbart, kurz geschnittenes Haar, eine graue Schirmmütze und eine ebenso graue Weste.

»Wo wolln Sie hin?«

»Mühlthal.«

»Moanas des bei Jena oder des bei Darmstadt?«, fragte der Fahrer, lachte dann aber sogleich über seinen eigenen Scherz. »Naa, i woass scho, des bei Starnberg.«

»Ja, und zwar dorthin, wo früher die S-Bahn-Station war«, beschrieb Hans Josef das Reiseziel.

»Auweh, ja, des kenn i guad. Da war i oft mit meiner Frau in der Wirtschaft. A guade Wirtschaft. Aber die Bahn hat dafür gesorgt, dass sie schließen musste.«

»Wieso denn das?«, fragte Quirin.

»Na ja, oiso, die S-Bahn-Station Mühlthal war vor a paar Jahr amoi a wunderbars Ausflugsziel. Direkt daneben war nämlich de scheene Wirtschaft mit wunderbarer Küche, super Biergarten, direkt am Waldrand. Und so a guade Luft hats da! Da is ma halt a paar Stund spaziern ganga und hat se später no a guade Brotzeit und a koids Bier kaufa kenna. D S-Bahn war ja vor der Tür, drum war der Heimweg sehr angenehm. Und dann hams auf oamoi des furchtbar hässliche Industriegebiet baut, nördlich von Starnberg. Mittlerweile is des der Hauptabfahrpunkt für öffentliche Busse. Logisch, dass der Bahnhof Starnberg Nord dann aa a eigene S-Bahn-Station braucht hat. Deshalb hams aber dann leider einfach den Bahnhof Mühltal abgschafft.«

»Und wer war dafür verantwortlich?«

»Was woaß i? Die Bahn? Die Gemeinde? Der Bürgermeister? Jedenfalls hams damit ned nur zig Wanderer ihr Ausflugsziel gnumma, sondern aa den Wirt des Lokals gezwungen, sei Gaststättn zuzusperrn. Logisch, is ja koana mehr vorbeikemma. Arg schad!«

»Die Gentrifizierung in den Städten ist ja schon schlimm genug«, trumpfte Hans Josef mit Fachwissen auf. »Aber dass diese fürchterliche Entwicklung nicht mal mehr auf dem Land zu stoppen ist, gibt einem schon zu denken.«

»Wenn Sie nachher noch Zeit haben, laufen Sie unbedingt mal nach Starnberg zu dieser Station Starnberg Nord, dann sehen Sie mal, *wie* scheußlich sie ist.«

Die Fahrt dauerte kürzer als erwartet, und Hans Josef konnte sie sogar mit seiner App bezahlen, so modern war das Taxi. Nachdem sie ausgestiegen waren, mussten sie noch ein kurzes Stück durch ein Waldstück laufen und kamen schließlich an einem mit Moos bewachsenen, halb verfallenen Bahnhof an. Wenige Schritte daneben befand sich die ehemalige Gaststätte. Es war ein geräumiger Bau, einst sehr gepflegt, jetzt aber umgeben von Unkraut, Gerümpel, Pfützen und verwitterten Bierkästen. Die Fensterscheiben des Hauses waren teilweise eingeschlagen oder gar nicht mehr vorhanden. Der einstige Biergarten war verwittert; ein kleineres Gebäude, das früher eventuell ein Stall oder ein Bierlager war, hatte große Risse in den Wänden. Hinter dem Haus stießen sie zu ihrer Überraschung auf zwei gar nicht verrottete schwarze Kleintransporter. Hans Josef und Quirin warfen sich einen alarmierten Blick zu und gingen möglichst leise weiter um das Gebäude herum. Sie versuchten, durch eine der ziemlich verschmutzten und in diesem Fall sonst intakten Scheiben ins Innere zu spähen. Drinnen schien sich etwas zu bewegen.

»Da is irgendwer«, bemerkte Quirin leise. »Komm, wir versuchen, von der Stirnseite aus reinzukommen.«

Sie schlichen ums Eck und standen vor einer schwer renovierungsbedürftigen Tür. Sie war nicht verschlossen, also traten sie ein und fanden sich in einem typischen Vorraum einer altmodischen Gaststätte wieder. Es war kühl und roch nach Stall. In dem Gang, der vom Eingangsbereich abzweigte, lagen vermutlich die Toiletten und im hinteren Teil die Küche. Links und rechts waren zwei Türen mit quadratischer Milchglasscheibe im oberen Bereich. Auf der einen stand »Schwemme«, auf der anderen »Gaststube«. Durch die Milchglasfenster erkannten sie, dass die Schwemme unbeleuchtet war, aus der Gaststube jedoch ein diffuses Licht zu schimmern schien. Aus diesem Raum drangen nun auch Geräusche – unheimliche Geräusche, die wie der Gesang der Sarah in Roman Polanskis *Tanz der Vampire* klangen. Hans Josef schauderte. Eigentlich war dieser Film ja eine Komödie, aber eben eine, die stellenweise ausgesprochen gruselig ausfiel.

Quirin und Hans Josef einigten sich durch Zeichensprache, dass sie erst mal lauschen wollten, bevor sie eintreten würden. Sie schlichen ganz nah an die Tür und stellten fest, dass sie nahezu jedes Wort deutlich verstehen konnten. Wahrscheinlich gaben sich die Teilnehmer dieser Versammlung nicht die geringste Mühe, leise zu sprechen, da sie nicht damit rechneten, dass sich Fremde an diesen seltsamen Ort verirrten.

Über die Hintergrundgesänge erhob sich nun die Stimme eines Mannes, der in monotonem Singsang eine Art Eid schwor.

»Ich schwöre feierlich und aufrichtig, aus freiem Willen und in Gegenwart unseres Vorsitzenden und dieser ehrwürdigen Loge, dass ich die geheimen Gebräuche des Syndikats in Ehren halten und das, was mir anvertraut wurde, niemals Menschen, die nicht dem Syndikat angehören, verraten werde. Ich darf die Geheimnisse unserer Zunft nur an vereidigte, echte, rechtmäßige Brüder weitertragen, die ich als solche nach einer strengen und gehörigen Prüfung erkennen werde. Ich schwöre ferner, dass ich die Geheimnisse der Bruderschaft nicht schreiben, drucken, schneiden, malen, zeichnen, stechen oder eingravieren werde, auch nicht veranlasse, sie auf irgendein bewegliches oder unbewegliches Ding unter dem Himmel zu projizieren. All dies schwöre ich aus fester und unerschütterlicher Überzeugung. Ich weiß, dass bei Zuwiderhandlung meine Kehle durchschnitten, meine Zunge herausgerissen und auf dem Grund eines reißenden Flusses versenkt werden wird. Ich schwöre feierlich und aufrichtig, aus freiem Willen und in Gegenwart unseres Vorsitzenden und dieser ehrwürdigen …«

Die Stimme des Mannes wiederholte diese letzten Worte noch drei oder vier Mal, während die Gruselgesänge im Hintergrund immer lauter wurden. Quirin und Hans Josef wechselten einen Blick. Ihnen war klar, dass sie hier dem geheimen Treffen einer üblen und gefährlichen Sekte beiwohnten.

Jetzt verstummte die Stimme, und die eines anderen Mannes erklang.

»Du bist nun, ehrwürdiger Bruder, Teil unserer Loge und des Syndikats. Wir nehmen dich in unsere Reihen auf.«

Quirin stutzte. Wo hatte er diese Stimme schon einmal gehört? Er schaute zu Hans Josef, traute sich aber nicht, einen Mucks von sich zu geben.

Offenbar war das Ritual noch nicht beendet. Den Gesängen folgten nun drei Worte, die mehrere Minuten lang wie ein Mantra im Chor wiederholt wurden: »Ad Mortem Orgasmo. Ad Mortem Orgasmo …«

Dann herrschte einen Moment Stille, bevor die Gesänge wieder einsetzten und erneut die Stimme des Hauptredners erklang: »Außerdem haben wir heute wieder einmal die Ehre, einen unserer Brüder in die von uns allen so begehrte und geliebte ewige Freiheit zu entlassen. In dieser eigentlichen, von allen Lasten, Schmerzen, Qualen und Ängsten befreiten Welt zählen keine uns bekannten irdischen Güter. Wie es unsere alten Schriften verlangen, wird unser Bruder von einem Fahrer unserer Zunft zum Ort der Wandlung gebracht werden, wo er sich zunächst den innigsten Wonnen hingeben wird, um dann im höchsten Moment der fleischlichen Lust den Tempel der Ewigkeit zu besteigen. Vorher wird er sämtliche nur in dieser Dimension wertvollen materiellen Dinge an uns übergeben, sei es Schmuck, Geld, Gold oder Edelsteine. Tritt nach vorne, Bruder, und sprich mir nach: Weder Ebbe noch Flut …«

»Weder Ebbe noch Flut«, sagte eine feste Stimme.

Hans Josef und Quirin schnappten nach Luft: Das war die Stimme von Herbert Dollek! Von wegen mit Wanderstock und Rucksack in Regensburg unterwegs!

»… werden mich von meinem Entschluss abbringen …«

»… werden mich von meinem Entschluss abbringen …«

Das war zu viel des Guten. Den beiden Detektiven war bewusst, dass sie rasch handeln mussten. Nicht, dass am Ende jemandem die Zunge herausgerissen wurde oder sonst etwas. Hans Josef trat ein paar Schritte von der Tür zurück, zog sein Handy aus der Tasche und tippte 110 ein.

»Notruf, guten Tag, was kann ich für Sie tun?«, erklang eine helle Stimme am anderen Ende der Leitung.

»Bitte schicken Sie sofort mehrere Streifenwagen in das ehemalige Gasthaus am S-Bahnhof Mühlthal bei Starnberg«, sagte Hans Josef, so leise er konnte, aber gerade noch laut genug, damit sein Gesprächspartner (oder war es eine Gesprächspartnerin?) ihn verstehen konnte. »Hier findet gerade ein grausames Ritual statt, bei dem auch Menschen geopfert werden sollen.«

»Nennen Sie bitte zunächst Ihren Namen und …«

»Dafür ist jetzt keine Zeit! Es geht vielleicht um Minuten! Nun machen Sie schon!«

Er beendete das Telefonat, und nach einer kurzen Verständigung in Zeichensprache rissen Quirin und er die Tür auf. Der Gastraum war violett beleuchtet. An den Wänden hingen Hörner von Ziegen, Schwerter und Felle. In der Mitte des Zimmers lagen zwei nackte, mit Stricken gefesselte Frauen. Ihre Augen waren ausdruckslos, sie wirkten wie unter Hypnose. Mehrere vermummte Gestalten kauerten ringsherum, sie trugen lange Umhänge wie aus einem *Star Wars*-Film und rührten sich nicht. Auf den Bodendielen befanden sich vereinzelte dunkle Spritzer, die Blutflecken verdächtig ähnlich sahen. Was für kranke Rituale mögen hier stattgefunden haben, dachte sich Hans Josef Strauß.

Herbert Dollek kniete vor einem glatzköpfigen Mann mit stechendem Blick. In ein ockerfarbenes Gewand gehüllt, saß dieser gebieterisch auf einer Art Thron. An den Wänden standen mehrere Männer unterschiedlichen Alters, die nach wie vor die Hintergrundgesänge von sich gaben. Auch sie wirkten wie hypnotisiert. Unter ihren Füßen waren vereinzelt handgeknüpfte Teppiche ausgelegt. In einer Schale brannte Räucherware. Neben dem Thron kauerten zwei junge Burschen in Togen, deren

Gesichter weiß geschminkt waren und die jetzt wie alle anderen auf die beiden Eindringlinge starrten. Zwischen dem Glatzkopf und Dollek war eine Art Altar aufgebaut, über den man ein violettes Tuch geworfen hatte. Darauf befanden sich Ringe, Goldketten und bündelweise Bargeld. Vermutlich Dolleks gesamtes Vermögen. Den vorderen Rand des Altars zierte ein silbernes Kästchen mit einem Rubin auf dem Deckel. Das Gesicht des Glatzkopfs verzerrte sich zu einer bösen Fratze, als er die Eindringlinge erblickte.

»Was sind das für Leute?«

In diesem Moment fiel Quirin ein, woher er diese Stimme kannte. Es war der Mann aus dem FKK-Club, der mit dem Bademeisteranwärter das Vorstellungsgespräch geführt hatte! Magnus Fürst! Er war das Oberhaupt dieser Sekte und vermutlich auch verantwortlich für die ganzen Selbstmorde im Pink Bunny Club und im Roten Haus und auch für den Suizid des Promiarztes Debreczin! Quirin wollte sich gar nicht ausmalen, was es da möglicherweise noch für eine Dunkelziffer geben könnte.

Fürst strahlte Grausamkeit und Unbarmherzigkeit aus. Bevor Quirin Hans Josef mitteilen konnte, wer der Mann war, begann Dollek zu hyperventilieren. Und dann ging alles ganz schnell.

Plötzlich waren zwei Männer hinter den Detektiven. Einer hielt einen Baseballschläger in der Hand und holte gerade damit aus, als Hans Josef ihm geistesgegenwärtig zwischen die Beine trat. Der Tritt saß, und der Angreifer war einen Augenblick lang außer Gefecht gesetzt, sodass die beiden Ermittler auch den zweiten überwältigen konnten.

»Dollek, kommen Sie her!«, rief Quirin mit donnernder Stimme.

Herbert Dollek wirkte völlig überfordert. Verwirrt schaute er zwischen Fürst und Quirin hin und her. Da erklangen von draußen schon die Polizeisirenen. Zum Glück hatte die Zentrale Hans Josefs Notruf nicht bloß für einen Lausbubenstreich gehalten, sondern wirklich eine Streife vorbeigeschickt.

26. Kapitel

Zwei Tage später ging Hans Josef Strauß mit Violetta am Arm und mit Quirin, der Quadrophenia an der Leine führte, am Ufer der Isar in Richtung Sendling entlang. Sie hatten anstrengende Stunden in Polizeirevieren, Behörden, Saunaclubs, Oben-ohne-Bars, Bordellen, ihrem Büro, Zeitungsredaktionen und Radiosendern mit Gesprächen, Verhören und Interviews hinter sich. Nun schien endlich wieder Ruhe einzukehren.

»Also, das war schon eine krasse Geschichte«, rekapitulierte Quirin gerade. »Ad Mortem Orgasmo! Da wär ja kein Mensch drauf gekommen, dass das die Langform für AMO ist.«

»Und was heißt das noch mal?«, fragte Violetta, die endlich über alle Details des Falls aufgeklärt werden wollte.

»Das ist Latein und bedeutet so viel wie ›durch Orgasmus zum Tod‹«, erklärte Hans Josef.

»Die eigentliche Übersetzung ist ›Im Höhepunkt zum Heimgang‹«, berichtigte Quirin.

»Korinthenkacker«, sagte Hans Josef.

»Jedenfalls«, fuhr Quirin fort, »stellte sich nach der Verhaftung von Magnus Fürst heraus, dass es sich bei der AMO um eine Sekte handelt, die ihren ausschließlich männlichen Anhängern nach einigen Monaten Mitgliedschaft die Herausgabe sämtlicher Wertsachen und den Freitod in den Armen einer schönen Frau, genauer gesagt einer Prostituierten, befiehlt – während oder nach Vollzug des Geschlechtsakts. Laut AMO-Lehre schwebt der Verstorbene dann ins Himmelreich, wo er ein ewiges Leben voller Sinnesfreuden haben wird. Die eigenen Frauen durften es nicht sein, da die Sekte christliche Lehren wie Liebe oder Familie strikt ablehnte. Die Angehörigen der Männer wussten nichts von der Sekte, alles lief unter größter Geheimhaltung ab. Fürst war der alleinige Drahtzieher und hat sich seine Mitglieder peu à peu unter den zahlungskräftig wirkenden Bordellbesuchern, meist Stammkunden, ausgewählt und ihnen eine Gehirnwäsche verpasst.«

»Die Sekte stellte das Geld für den finalen Liebesakt zur Verfügung«, ergänzte Hans Josef Strauß. »Und natürlich auch das Zyankali, das Magnus Fürst über eine thailändische Internetfirma bezog.«

»Das Zyankali befand sich übrigens in dem silbernen Kästchen mit dem roten Stein, das wir auf dem Altar gesehen haben«, wusste Quirin. »Die Kandidaten wählten aus, welche Liebesdame sie für den finalen Akt haben wollten, und teilten dem Syndikat mit, in welchem Etablissement diese arbeitet. Kannten sie die Frauen nicht persönlich von früheren Treffen, mussten sie sich eben im Internet auf den einschlägigen Seiten eine aussuchen. Nachdem die Männer dann den letzten Schwur geleistet und ihre Habseligkeiten bei Fürst abgeliefert hatten, wurde ein

Chauffeur bereitgestellt, der sie zu ihrem Selbstmord fuhr.«

Violetta schüttelte ungläubig den Kopf.

»Und das gesamte Vermögen der Suizidkandidaten floss in die Sekte – oder besser gesagt, direkt in Fürsts Geldbeutel«, fügte Hans Josef an.

»Was für eine miese Nummer«, sagte Quirin. »Menschen von sich abhängig machen mit einer völlig schwachsinnigen Verheißung, um ihnen dann alles Vermögen aus der Tasche zu ziehen und sie schließlich in den Tod zu entlassen in dem Glauben, sie würden in eine höhere Dimension eintreten.«

»Das ist das Prinzip der meisten Sekten, nur dass die das Geld von Lebenden nehmen.«

»Meistens! Es gab ja da auch schon öfter Selbstmordsekten wie Heaven's Gate oder Peoples Temple.«

»Ja, Fürst ist nicht der Einzige, der Anhänger in den Tod getrieben hat.»

»Und was ist mit dem Luden geschehen?«, fragte Violetta.

»Herbert Dollek? Den haben sie freigelassen. Er war ja im Grunde auch nur ein Opfer von Fürst.«

Epilog

»Tut mir leid, Prinzessin, aber ich kann nicht mehr im Rotlichtmilieu arbeiten. Ich hab mir geschworen, dass ich bis an mein Lebensende keine Achter mehr an den Händen haben möchte. Hab ich oft genug erlebt.«

Herbert Dollek klang klarer denn je, als er mit seiner russischen Lebensgefährtin einen frühabendlichen Spaziergang im Hofgarten machte und sie in seine Pläne einweihte.

»Was bjedeutet ›Achter‹?«

»Achter, das sind Handschellen. Silberne Armbänder. Du weißt doch, ich hab schon ein paar Jahre Budenzauber auf dem Buckel.«

»Ich hoff, du kommst nie wieder ins Gefjengnies.«

»Ich geb mein Bestes. Und weißt du, Prinzessin, ich möchte auch nich, dass du weiterhin als Liebesdame tätich bist. Ich hab meine Asche beisammen, wir können uns was Eigenes aufbauen, und du brauchst auch nich mehr diese hochhackigen Asphaltbeleidiger tragen. Ich kauf dir schöne Schuhe, die einer Dame würdig sind.«

»Ich bin etwas überfjordert von djeinen Worten.«

»Na, dann lass dir man keine grauen Haar wachsen. Ich bin nach wie vor dein Hahn, nur dass du eben nich mehr anschaffen gehen solls und so weider und so fort.«

»Ich mache mir trotzdem etwas Sorgen. Ich bin ja einen gewjiessen Standard gewjöhnt.«

»Brauchse kein Fladdermann bekomm. Ich sorg für dich. Wir werden ein tolles Leben zusammen haben. Und heute Abend stell ich dir ma meine neuen Freunde vor. Das sind Detektive, höchst feine Kerle. Die sind dreimal chemisch gereinigt. Und die bringen ihre Bräute mit. Dann gehen wir schön ein abblubbern.«

»Das klingt sehr pjositiv.«

»Isses auch, Prinzessin. Isses auch. Irgendwann erzähl ich dir auch von den ganzen Ereignissen der letzten Monadde, dann wirst du verstehen, warum ich so oft so hibbelich oder verbunkert war. Aber da möcht ich ersma noch n büschn warten mit. Immerhin kann ich dir versichern, dass der Spuk ein für alle Mal vorbei is.«

»Ich verstehe zwar kjein Wjort, aber es hört sich gut an.«

»Siehst du, Prinzessin, da hast du aufs richtige Pferd gesetzt. Ich bin ein glatter Hecht und kein Gurkengustav, der einen an der Hacke hat.«

Hand in Hand schlenderten sie Richtung Odeonsplatz, wo in wenigen Minuten die schönste Zeit des Tages anbrechen würde, die blaue Stunde, wenn der Tag in die Nacht übergeht und die schönste Stadt der Welt in ein atemberaubendes Licht taucht. Abend für Abend.

Dank

Andy
Barbara
Caro
Carsten
Chris L.
Christianchen
Christine
Didi
Dieter
Dr. A. Schreiber
Franzilein
Gudrun
Haris
Janalein
Klößchen
Mauselchen
Micha
Michi
Miezi
Mikis
Nobsi
Nora
Raspili

Sabine
Sandilein
Schafi
Sophie
Stefan D.
Stefan H.
Stofferl
Sudelmann
Tanthe
Tommy
Vera
Verena
Volker
Wilfried

»Wolff erschüttert nicht nur die Wiesn, sondern ganz München. Endlich!« Friedrich Ani

*Cover- und Preisänderungen vorbehalten

Moses Wolff

Monaco Mortale

Ein Fall für Hans Josef Strauß

Piper Taschenbuch, 208 Seiten
€ 8,99 [D], € 9,30 [A]*
ISBN 978-3-492-30935-6

Skandal auf der Wiesn: Der als Hauptschankwart beschäftigte Georg Schamnagl wird im unterirdischen Bereich des Oktoberfest-Zeltes »Hühnerbraterei Strobl« neben einem frisch angezapften Bierfass erstochen aufgefunden. Die Polizei tappt im Dunkeln. Da tritt Privatdetektiv Hans Josef Strauß auf den Plan. Gemeinsam mit seinem Assistenten Quirin Hausner möchte er den Fall lösen – sehr zur Freude von Zeltwirt Peter Strobl und fernab üblicher Ermittlungsmethoden …

Leseproben, E-Books und mehr unter **www.piper.de**